此诗集敬献丁石孙校长

丁石孙

博雅诗笺

北京大学1986级同学入学三十周年纪念诗集

汪浩◎主编

人民东方出版传媒
東方出版社

《博雅诗笺》撰稿人

主　编： 汪　浩（达哥）

撰稿人：（以姓氏拼音为序）

白东宁　陈　向　陈涌海　邓伟权
杜红平　方晓蕊　何雪梅　贺燕萍
胡　玮　黄　伟　金英姬　葵　霓
李东利　李　静　李　聿　梁玉富
刘怀宇　路江涛　马小隐　沈玉景
孙承洪　田　晖　王成朴　王丹凝
王国伟　汪　浩　王　琳　王孟群
王　强　熊　挺　徐光照　杨　飙
杨浩宇　杨晓峰　叶　玲　余世存
赵　明　赵志军　郑淑雯　周剑峰
朱永忠

前言

FREFACE

北大从来不缺诗。118年以来，从鲁迅、胡适、徐志摩、朱自清、周作人，到毛泽东、俞平伯、卞之琳、王力、吴小如，再到海子、西川、戈麦，前赴后继，屡屡脍炙人口。那为什么还要出版这本诗集呢？这本诗集有什么特别呢？

这是一部由北大1986级两千多名学子集体创作的诗集，诗中蕴含了他们对就学北大、同学情谊、青春岁月的深深怀念。当时我们“走着走着，就散了，回忆都淡了”；三十年后，偶然碰到了，谈起来，说着说着，心颤了，牵挂难断了，于是浓浓地酿成了这本诗集。

这本诗集也许是北大第一本人人都能参与的业余和专业诗人的作品集。诗歌归根到底是人与人的交流，人心灵的流露、细心的感知和真实的表达，汇成了诗；诗人不是天生的，只要大家肯写，既能接受自己，又能互相接受，诗集也就水到渠成了。

这本诗集托了微信的福。网络把人的距离拉近了，让同学朋友们天涯若比邻。以前总得鸿雁传千里，现在却是一键联天下，很多实时的评价和赞美，让诗友们的创作过程富有骄傲和共勉，诗集从无到有，只用了诗友们几个月的时间。

和诗一样，学友是可遇而不可求的。三十年前，未名湖面闪过了朵朵云彩，汇聚了风霜雪雨；北大接受了两千名1986级学子，大家来自五湖四海。同学们能走到一起，多半出于偶然，却一起历经了一段历史的必然。接下来的四年里，我们吸收了北大文化，也留下了自己的印迹。北大是荣誉，是归属，是青春的洗礼，更是珍贵的回忆。

最难忘的人物之一，是丁石孙校长。丁校长不仅继承了北大科学民主、兼容并包、思想自由的传统，而且还把对人的尊重融合进来。他说过，北大的精神与风格，还应该是"尊重人，尊重人的个性，尊重人的成长和自由发展"。他能够身体力行，言行一致，诚信待人，为北大人树立了一个做人的典范。世上最难树的碑是口碑。三十年后，当尘埃落定，噪音消逝，中国社会对丁校长的正面评价有增无减，证明他的风格大家是赞同的。这本诗集就是北大1986级同学们献给现年89岁的丁校长的。

这本诗集是为1986级全体同学唱的赞歌。三十年来，同学们的足迹遍及全球，历经风雨，多以北大精神自勉，把和平和欢乐带到了各自的生活圈子里。但遗憾的是有多位同学英年早逝。特别是本诗集作者之一——中文系的李静，在与癌症抗争数年后，在诗集的编写过程中去世，不仅给我们留下了她的诗篇，也留下了她永久的开朗笑容。从今年起，我们每年都会为逝去的校友献上生命的赞礼，以诗歌为重要形式。

这本诗集也是给北大师弟师妹们的一点心意，希望他们能从1986级师兄师姐们的作品里体会到一点东西。在不同的时代，我们既承担了独特的使命，也迎接了历史的挑战。这些平凡的诗歌里体现的是1986级校友们对生活和历史的洞察、描绘、感觉、反省、想象和创造。这些诗，是北大人对世界真实的叙述、戏剧式的描绘、自由的抒情、与自然的沟通、对外界的体会、谦虚以及勇敢的教导，还有哲学的思考，以及偶尔的讽刺。

归根到底，这是一本普通人一起写的诗集。大家都具有足够的理性的和非理性的力量来写诗。每个人都有不断流动着的思念和感情，教育给了我们铸诗的模具，我们也理解了万物的联系，剩下的只是把诗写下来，敲出来，发出去，和朋友们互相点个赞，把把关，世界上便多了你我的诗。

人生丰富多彩，诗的形式多种多样。唐诗宋词，近代诗现代诗，都是表达诗意的形式。诗意是关不住的。你看，甘地就是一首行走的诗：一个消瘦的长者，拄着长长的手杖，头发剃得干净，透过清澈眼镜的是一双炯炯有神的眼睛，微风吹过，白色的披肩展开，整个印度便飞了起来。

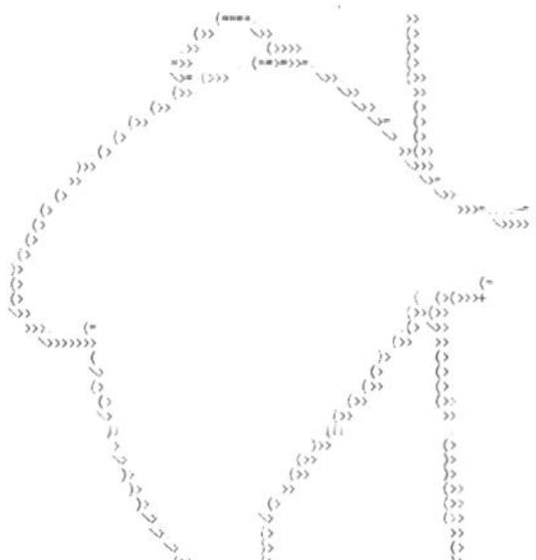

汪浩

2016年1月28日

于美国纽约奥尔巴尼

目录

CONTENTS

博雅情怀——北大组诗

戚氏·楼满园

汪 浩

（2015年8月3日）

适逢北大1986级同学入校三十周年，写词纪念。平常词不足以描绘北大，于是选了柳永的戚氏，共212字，三阕，描写北大燕园的美，历史的坎坷，同学们少年意气、先天下而忧的精神。

燕园的美，一目了然，永驻心间。皇家园林的历史，百花齐放的氛围。

北大原为清朝政府改革的产物，因而被赋予国家兴亡的关键责任，继承国子监成为全国最高学府，统管全国教育，有开启民智的使命。校长蔡元培的思想自由、兼容并蓄的办学方针，成了北大精神。然而没有哪个国家的主要大学经历过北大的坎坷。屡次被封，难得办学自由。最灾难性的两次打击：1937年日本侵华迫使北大转移到云南加入西南联大，但不屈不挠，九年培养了八千毕业生，成为中华砥柱；“文化大革命”时期，北大于1969年停办，七千师生被发配到血吸虫泛滥的江西南昌鲤鱼洲劳动改造。然而两次浩劫没有熄灭北大精神。“文化大革命”后北大再生。同学们为国为民激情辩论、慎思、明察，继续把北大精神和书生意气弘扬四海。（纽约）

楼满园。湖光塔影岛堤连。
鹤鸣春畅，朗润泽传，秀中关。
浩然，凭古木，步移景换气宇轩。
昔日皇家林园，博雅旖春伴幽燕。
槐柳傍莲，松柏参天，风水渊积海淀。
更红墙飞雪，朱门映春，百花争艳。

一朝国运相连。本固元培，可纳海容川。
思无羁，砥砺挫折，久战波澜。
抗外辱，草鞋万里，八千子弟，卧薪西南。
苦逢内乱，聚散师生，尝胆鲤鱼洲边。

终于风光好，一时才俊，指点江山。
记得同学挚友，论天下，激情慎明辨。
别来健如山鹰，慧根百度，四海本无限。
暮回头、仍觉红楼暖。
忆燕园、旧景清淡。
少年情、伴我凭阑。
惜白发、不为名利乱。
再三十年，丹阳血染，汗浸青衫。

忆北大

——献给人生最美好的四年

白　白

无名浅水一湾　玲珑瘦塔岸边
绿丘青阶蜿蜒　松林钟亭紫烟
山水高深有限　栖凤潜龙可堪
风起云涌百年　四海五洲仰瞻

湖中岛依石船　心中志在史篇
羊毫试管键盘　今人不输先贤
推导演算通宵　咀文嚼字达旦
苦学狂论忘餐　偷棵白菜煮面

周末起舞饭厅　快四慢三翩翩
书中如玉容颜　身边笑靥灿然
梦里千呼万唤　只敢背地偷看
折柳低述心曲　拾枫细说思恋

一无所有震天　义无反顾向前
春夏洒泪洒汗　为传德赛真言

尘屑难掩热血　霾霭难被驱散
抱负难得舒展　诗笔难拾残卷

青涩纯朴初见　情真意厚相伴
小有争执斗嘴　临别依恋绵绵
蹉跎挣扎辗转　上老下小中年
大洋东西南北　心系未名湖畔

自然母亲

——献给我的母校北京大学的校园

成　朴

你指给我看千百种绿色，不断用换季的花儿欢娱我，在这春天的季节里，却不告诉我一种人间的希望。

我的心儿，将随着你的繁荫而变得沉甸甸；把脸深深地埋藏于你的怀抱；快乐地啜泣着，快乐地啜吸着，不去看那可怖的人间；在你的摇篮里将五指织成彩梦。

一生中我将受到多少不公正；一生中我将受到多少冷遇；一生中我将受到多少憎恨；我都将挺直如大树，自由如浮云。我是您的儿子，在死亡中复生，在草地上跳舞，在浪尖上被打碎——然后重新开始聚合；在冬风前低着倔强的头。

你破旧的蓝衫挂在黎明前的天边，为我抵挡着最后的寒意，为我的良心而舞动。父亲[①]就在我的身边：在风暴中，在月光下，在一切光明与黑暗的时候；在天顶，在四周，在我在一切坚强面前变得软弱的时刻。

诗意北大

丹　凝

（2015 年 9 月 16 日）

在北大的日子
是陶醉的
可以选修电影欣赏
在阶梯教师
听《走出非洲》里苍凉的声音

在北大的日子

① “父亲”指的是人们从理性中获得的勇气。

是快乐的
会去欣赏印象派
发现夜晚白颐路上的斑驳
色彩纷呈

在北大的日子
是诗意的
轻绾起头发
穿一袭白色长裙
在未名湖边的绿色里
飘来荡去

纵然——忆北大

汪　浩

（2015年5月22口）

纵然是脚踏铿锵的火车轮
　　我还是个徒步的朝圣者
　　一步步迈向燕园那神圣的殿堂
纵然是肩扛盈满的旧书包

我还是个饥渴的求学者
一遍遍倾听图书馆无声的音乐
纵然是身处喧哗的闹市里
我还是个静思的读书人
一波波骇浪化作未名湖的涟漪
纵然是面对纷繁的新世界
我还是要拥抱那博雅塔
一点点风尘与艰辛就慢慢消失
纵然已吻别那美好的筵席
我还是要逗留在三角地
一阵阵波涛和侠情会渐渐涌起
纵然时空已穿越江湖万里
我还是万千同学敬红楼
一颗颗赤子心总会与北大共鸣

以博雅塔为圆心

千　黛

（2015 年 5 月 26 日）

世界上

任何圆满的达成
无论大小
半径怎样
都要以圆心为开始
可见的　未显的圆心
一足坚定地立于此
一足无限地去华尔兹

我们　北大人
追寻圆满
无论身在何方
白发青丝
每一个修行者
都渴望
以博雅塔为圆心
以不断变化的半径
展翅　飞翔

以博雅塔为圆心
以未名湖为半径
画 romantic 的圆满
有诗有美

去践行神的使者
让自己的柔波
荡去每一处尘埃
做酶　一片片
催化人心深处的蜜汁与糖饴

以博雅塔为圆心
以俄文楼为半径
画 open 的圆满
敞开心扉
去勾连中西的文明
让自己的触角
感知多一个坐标
做桥　一座座
连接不可知的悬崖与暗礁

以博雅塔为圆心
以图书馆为半径
画 wisdom 的圆满
深沉静思
去拜望每一位前哲先贤
让自己的灵犀
游弋在智慧的三山五岳

做尺棰　一枚枚
朝向无边无际的广大与精微

以博雅塔为圆心
以三角地为半径
画 freedom 的圆满
兼收并蓄
去碰撞所有的不同
让自己的棱角
磨去刺人的尖锋
做齿轮　一个个
滚动出一带一路的双赢与众筹

以博雅塔为圆心
以北京为半径
画 China 的圆满
腾飞复兴
去埋头苦干　拼命硬干
让自己的知行
合一出最大的可能
做愚公　一代代
扎实地挖掉一座山　再造一座山

以博雅塔为圆心
以华盛顿为半径
画 powerful 的圆满
天恒行健
去比肩强者
让自己的力量
不喧哗不张扬的凝练
做核反应堆　一克克
造福人类的同时
无声地威慑邪恶

以博雅塔为圆心
以南北极为半径
画 global 的圆满
人类大同
去共襄可爱的家园
让自己的村民身份
在哪里都是主人的证明
做大树　一棵棵
尽吐绿氧　净化十方

以博雅塔为圆心
以月亮为半径
画 universe 的圆满
宇宙洪荒
去追逐光年那边的奥秘
让自己的情怀
把爱与智带向遥远的未来
做后羿　一箭箭
向太空传递探索的勇气

所以啊　北大人
无论你在哪里
请记得你的
起点在这里——北大
圆心是它——博雅塔

就让我们一起
以博雅塔为圆心
以各自的半径
努力画出我们
一圈圈　一圈圈
大小不一的同心圆

每个人心里都深埋着你

——此诗献给母校北大

陈涌海

（1999年）

春天来临，万物复苏
三角地盛开年轻的幸福
窗含风铃，叶捧露珠
远方的天空渐渐清楚
哎
每个人心里都深埋着你

恩院风荷，湖光塔影
垂柳涟漪，荡漾我心
燕语蝉鸣，草芳花馨
静园又传来欢歌笑语
哎
每个人心里都深埋着你

秋天慢慢来到你的脸上
你已经成熟却还有惆怅

荷残草短，枫红杏黄
叶舞夕阳，带走了好时光
哎
每个人心里都深埋着你

风入寒松，月映冰心
夜半钟声多少往事如烟
人书俱老，水木长青
但愿共有年轻自由的心
哎
每个人心里都深埋着你

未名湖畔

王　强

交错的石径
一如镌镂着经文的古简
引导旋舞的蝶
编织日光
…… 草，窃窃私语

……花，私语窃窃
而古柏下
几经摩挲几经风雨的椅
眺视着假山上的铜钟
寂无一言

一度临湖挥毫的那个人
乘着一缕烟尘无牵无挂地去了
留一块青灰色的墓石
承接四季的划痕
那行谁人鎏金的文字
透过青苔
被新鲜的目光一重重拂过

女孩依偎着石舫
回声滴入湖里
对岸是少年若有所思的脸
和一些行色匆匆的身形
钟，响了一声
又是一声

祭坛旁

妇人和儿童似一段传说
踞卧在塔檐的铁麒麟
同途经的鸟对视

凌波欲飞的湖石
收起了往日的峥嵘
不声不响
就翻过了百年书页

红楼隐在音乐里
它们全都隐在音乐里

每个走过湖畔的人
都会为自己
用心地给她起一个名字
而后像风推了又推的一粒粒种子
飘远

北大十四行诗三首

汪　浩

（2015 年 11 月 18 日）

融　合

签署通知书的笔
邀我们穿越了苏醒的土地
精神是我们的入场券
你带来了四川，我带来了山西
理想把世俗关在门外
石舫是敞开的熔炉
湖是清淡的集体
自由的风融化了所有的方言
搅拌着前来的五湖四海
心灵的集市无需秩序
安静的钟任你我把脉
各种江河流过了池塘
一起荡漾着
学五对面的合唱

静　思

安静给凌晨沏了茶
坐回到柳树下
把旋转的自行车停住
慢慢松开了闸
图书馆的书忘了回家
三教的铃声跑在操场上
只有剑柄的塞万提斯
唠叨着斯诺的轶事
红楼里还跳着清明的脉搏
敞开的南门没有风进来
黑板抛下了教授的公式
为那双明亮的眼
画了一条鼓起帆的船
把思绪载得很远很远

爱　情

渐渐飘落的花瓣
拼出了清晰的答案
那动人的音乐
原来是她的脚步

博雅的安详
洗净了我的不安
原来书可以很快读完
能留下一丁点儿内涵
原来我也可以泡图书馆
桌子结实得气宇轩然
所有的日子
都不再孤单
两双鞋子
一起丈量着彼此的燕园

未名的湖

葵　霓

（1988 年 12 月 16 日）

也许我走后
你会想起我的背影
消失在茫茫夜色里
天外无声的流星
落入你的眼睛

也许昨天
我是天空中盘旋的白鹭
扇动伤痕累累的翅膀
你是留我小憩的淡淡月光
为我疗治伤口
直到天明

也许多年以后
你会想起我的歌声
从头顶飞过
想起初识的时候
你坐在精灵出没的山中
很爱我

爱我是很久以前的故事
风景以及和风景有关的曲子
朦朦胧胧地飘荡
我们如一对古老的夫妻
相对无语

告　别

葵　霓

（1990 年 7 月 28 日）

阳光下的每一挥手
告别　　　　映上苍空的碧眼
向你告白
送走我的怀念
你的目光在十字路口
隐约成一座雕塑

向你告别
我红色的精神
在古老城市的废墟上
建筑起一片小松林
我把希望留给你
让心去漂泊

苍白的天空是你满目的忧愁
在你无声的呜咽中
向你告别

昨日听我低语的星湖
找不到我的归宿

而告别之后
依然抛不下你
牵引着我的手臂

黎明的塔

葵　霓

（1996 年 12 月 24 日）

为你带来
黎明的第一束霞光
向你默念
梦中最后一个祝福
你是我们的精神
静静地站在历史边缘
保卫着我们的湖

我来瞻仰你

如同瞻仰我的前生
为你供奉
连绵不断的香火
向你献上
一万个春夏秋冬

黎明的塔
夜幕淡去之后
我们前生的轮廓
在你的脚下清晰
阳光照亮我们的真理

为什么你不就此倒下
祭奠我们多年的不渝
为什么你不跟随我
找寻我们前生的希冀

晴空集

白　白

白白，原名白东宁。报考北大时曾被老师谆谆告诫：中文系北大中坚，国学传统源远流长。文学专业天才济济，俱少年有成之人；文献专业个个家学深厚，祖辈功底，荫庇熏陶；汉语专业，既要聪明敏锐，又要吃苦守枯，你尚勤勉，或能侥幸。

于是于1986年有幸入北京大学中文系汉语专业。1990年学士毕业，同年保送研究生，次年辞学西行，后获美国波士顿学院教育学硕士，从事教育工作至今。

守

（2003 年 1 月 23 日）

在最冷的一个冬里
我守着心头的这份温热
为见到你时脸上些许的红晕
以及指尖依旧的细腻
我厌了这天寒地裂的严峻
我倦了这冻手冻脚的蜷缩
我念着那裙裾飘飘的日子
月上柳梢　　　　人约黄昏
天光带着说不出的隐秘
淡淡地染上合欢花香柔的花蕊
忙不过来的眼最怕错过再熟不过的身影
有怨有盼
每一声脚步　　　　心动怦然
为着那月雾的清香
我守着这心头的温热
我怕听寒冰残雪的字眼
却念着那遥遥的北国
无言的瘦塔守着无名的绿波

寻　荷

（2015年8月9日）

一直很喜欢荷花，可惜，这自由女神的脚下没有芙蓉莲荷，时常思念。诗友们以莲为题，题诗歌咏，我也强凑一首。才情有限，但心思无限。

并非冬严夏来迟，
并非慵懒误花时。
持灯女神傲然立，
只慰芳草无净植。
欲约黄昏赏蓉姿，
可怜无梦递清枝。
遥念未名博雅影，
碧田如绢写心诗。

风掀翻了荷叶

风掀翻了荷叶
雨似乎要来
感谢军训啊，那厚重结实的解放鞋
不怕水，不怕土，不怕滑，不怕烤
我们也变成了胶鞋，说走就走
磨平了鞋底，踏出了历史
我们有很多激情
爱国爱家爱校爱上一个男生，一个女生，是血气方刚的模样
我们有很大的力气
聚集三角地，冲出大南门
穿过海淀，穿过西城，穿过砖的墙、铁的栅栏、人的屏障
有很多描绘那时的词汇
有很多关于那时的传说
还在坊间低低地传诵
在有些史书上，
那时可能是一团漆黑，或是一片空白
但无论如何
只有我们
才能注释我们的年代，我们的历史

醉秋组诗

（2015年11月6日）

（一）

宜风宜雨又宜晴，
浓彩重染映长空。
千般万般看不够，
愿学诗仙醉秋丛。

（二）

枝头如花欺花季，
飘落似雨胜梅期。
欲还赤土三春暖，
化作锦毯为地衣。

（三）

迷人最是属秋光，
十色挥洒天地广。
冬来雪飘炉火旺，
赞罢飞白忆秋黄。

子　明

子明，原名陈向，男，汉族，处女座。外地人在北京的第二代。1986年从北京西城区第35中考入北大历史系世界史专业，1990年毕业后在北京图书馆（现国家图书馆）工作。1993年春自费出国到捷克布拉格进修外语，工作、成家、定居至今。好读书不求甚解。业余时间喜阅中国古典文学、欧洲史、欧亚草原游牧民族史和世界三大宗教（佛教、基督教和伊斯兰教）等方面书刊。

颐和园海外追思

（2015年9月21日）

步杜子美《蜀相》遗韵。

燕京胜景何处寻，
万寿山前万木森。
杨柳依依江南韵，
松涛阵阵北地音。
千顷荷塘看红蕊，
一池碧水衬白云。
玉兰花开应无恙，
莫使游子泪沾襟。

昔闻古印度

——读美国 Karen Armstrong 女士佛陀传有感

旧作，2015年12月16日改定。

昔闻古印度，释迦族有国。
王后梦白象，生子乔达摩。
父王甚欢喜，大宴动城郭。
臣民与贤士，五叟智慧多。
众人皆祝酒，汝子贵且阔。
国力增不断，独霸王与伯。
唯有一贤翁，三缄乃开口：
汝子或出家，修道披袈裟。
老死病与僧，莫得面前过。
父王恼且忧，吩咐照此做。
壮丽修宫室，春夏秋三座。
王子俊且慧，娶妻艳无双。
歌喉特婉转，侧室添两房。
日夜笙歌尽，美女舞婆娑。
神灵有召唤，老病眼前过。
父王斥保安，死尸仍浮现。
王子陷沉思，沙门袈裟见。

夜深众女睡，王子独未寐。
目送妻子去，骑马跃墙堆。
飞驰出东门，意无再回首。
久在樊笼里，终于得自由。
披袈为沙门，修道拜高人。
高人不足论，苦修在莽森。
一日一粒粟，忍饥饿体肤。
温泉池水滑，无力岸上故。
幸有牧羊女，饮奶体力复。
七日未起身，禅坐菩提树。
起身大感悟，悟道成佛陀。
三转四圣谛，华严与阿含。
弟子有十贤，迦叶与阿难。
亲子罗睺罗，菩提与目连。
布道三十载，信徒日益多。
八十竟涅槃，舍利晶莹秀。
弟子诵师说，三藏经律论。
修道重三宝，皈依佛法僧。
莫笑世人痴，莫笑教别传。
我佛拈花笑，普度芸众生。

人间岁有重阳日

——和汪浩同学“人间何处不重阳”诗

2015年重阳节于捷克布拉格。

霜染层林气凋伤，
云高水落秋夜长。
晓雾莹莹接残梦，
关山漫漫望故乡。
书卷勤开当自勉，
亲朋只愿体健康。
人间岁有重阳日，
感我故人热衷肠。

涌 海

陈涌海，北大物理系1986级老青年一枚，中科院半导体所研究员。年轻时写诗，生涩不堪，改写歌，歌亦古拙不合时宜，复为古诗词谱曲。研究量子、自旋、纳米之余，弹琴复长啸，纵浪文化中，不亦悦乎。

废　墟

（1993年）

在北大上学时经常去圆明园，里边的废墟给自己留下了深刻的印象。此歌收入1994年北大校园民谣专辑《没有围墙的校园》。

一点小伤　我弄大
我要上床　要疗养
我要你过来问短问长

我是杂草丛生的废墟
我的残缺是我的美丽
我要你收藏我伤口中的诗句

月亮注视我，清风抚摸我
月亮注视我，清风安慰我

“我是典型的无话可说者
我只盛开米粒大的花儿
只有片刻的芬芳
风雨来时
我会落下我所有的花瓣

免得说它们是塑料的”

我是历史的人证物证
谁有钱有权我为谁开门
给他上一堂生动的教育

你晚上来，我愿意向你贡献
这残缺是我所有的一切

愤青之歌

（1998年）

他说他是一个老愤青
我脑海闪现出一团人粪
看见我满脸茫然
他说愤怒的青年啊愤青

我脑海又出现一幅画
窄窄的牛仔裤小小的马尾巴
在营养不良的面孔上

总浮现出一丝残酷和害怕

拳头仍旧攥得很紧
但是再也不会举过头顶
嘴巴仍旧张得很大
但是再也不会嘶哑

我说你没有理由愤怒
你比上不足比下绝对有余
他说他是精神上的贫农
他心里空虚无聊苦闷

我说我们就要人到中年
就要走到青年的对立面
话里面总好像还有话
脸下边总好像还有脸

拳头仍旧攥得很紧
但是再也不会举过头顶
嘴巴仍旧张得很大
但是再也不会嘶哑
长安大街有多长

天安门广场有多宽广
昨天你曾经用身体去量
今天你学会用头脑去算

拳头仍旧攥得很紧
但是再也不会举过头顶
嘴巴仍旧张得很大
但是再也不会嘶哑

张木生

（1999年）

此歌收入2005年北大原创音乐20年纪念唱片《未名湖是个海洋》。

他从不通公路的山里来
穿着一双崭新的白球鞋
一张兴奋好奇的苹果脸
很快变成了一坨生锈的铁
哎呀，脸像锈铁一样的张木生

他的口袋空空的没有钱

掏了半天他掏出来尊严
他斜着眼看每一个路人
迈着一样的步啊却走着不一样的路
哎呀，走着不一样路的张木生

爱上一个活泼可爱的北京女孩
对人是糖水蜜桃，对他是油炸尖辣椒
明年他就要满 26
可他还没有碰过姑娘的手
哎呀，没碰过姑娘的手的张木生

望着渐渐枯萎的向日葵
他流下了几滴泪
不是可怜自己注定的失败
而是失败注定是非常难看
哎呀，失败得非常难看的张木生

不知道谁摁下了他的 play 键
他又喊又叫走到了队伍最前面
一双手时常被人紧紧握住
他心里又是激动又是想哭
哎呀，又是激动又想哭的张木生

破旧的地图还挂在床头上
红箭头还指着六郎庄
过去的一切变得那么遥远
未来会怎么样他想都不想
哎呀，未来会怎样啊张木生

这个城市一定有病
但他只嫌自己病得太轻
白天夹着尾巴，西装革履
黑夜拿着刀子，自己修理自己
哎呀，自己修理自己的张木生

他从不通公路的山里来
再也没有回到山里去
他看着镜子里的自己
再也看不到过去的痕迹
哎呀，看不到过去痕迹的张木生

无 痕

无痕，原名邓伟权，外号艮头、博士等，各有来历，难以详说。感谢上帝，心灵之窗尚未完全关闭，可见日月，心常偷笑。1986年入北大（同宿舍老五语），至2013年得以博士毕业。永安宾馆销售员，兼卖酒、翻译、写作、讲座。琴棋书画，唯弈为能。余生再接再厉，愿其精彩。作为世界上最健康的残疾人之一，想用基于实践的思想，拥抱世界。

中秋节思父

（2015年9月27日）

每逢佳节思故乡，
恰值中秋黯神伤。
老母在堂我在外，
思绪伴酒回龙江。
慈父别去择良日，
至今思之犹断肠。
今夜无月照帝都，
忍把灯光作月光。

葵 霓

葵霓，Queenie Fan，原名范红，女，汉族，北京人。1986年至1990年就读于北京大学俄罗斯语言文学系。毕业后曾任职于香港上海汇丰银行有限公司北京代表处及北京分行、加拿大汇丰银行和加拿大皇家银行。现居北京。大学时代开始写作，作品偶有发表。1996年应北大俄语系教授、著名俄罗斯诗歌翻译家顾蕴璞先生邀请，共同翻译并出版了普希金的7000行诗体小说单行本《叶甫盖尼·奥涅金》（山东文艺出版社）；2001年该译本作为其中一卷被收录于十卷本《普希金全集》（河北教育出版社）。

北大风景

静　园

（1988年12月1日）

淡蓝色的清晨，我每天从你身边走过，小石径缠绕着我的脚步，我是围绕你的松柏，为你守护一年又一年的花开花落。

多情的静园，春天里你伸出一片柔绿，迎接雨后纷飞的彩霞，然后笑出温馨的花朵。我站在你身后，看花的人们遮挡我的视线，我在仲夏的阳光下为他们撑起阴凉，人们吸吮着你的芬芳，盼望收获的季节。静园，静园，人们在摘净了你的果实之后转身离去，我看到你枯黄的泪水，一片一片落下。

静园，入夜后我坐近你，初冬的寒气透过你的干枝吹向我，透过我的头发吹向更久以前的沉默，我就这样守着你，直到你再次捧出满园桃花。那些月光下的风景里，只有你和我。

湖心岛

（1988年4月6日）

山上的月亮
湖心的岛

八卦图上晶莹的眼睛

星星起落
湖水托着岛屿
起起落落

柳叶船载着黎明
漂过岁月
桃花冻进水中
保存下粉红的沉默

那枝曾经鲜艳过的
那枝曾经芬芳过的　　记忆
睡进捉迷藏的游戏
在梦中闪烁

夜舞曲

（1988 年 9 月 15 日）

舞会是乐谱上的音符
你是第一线
和第二线之间的空白

关于你的故事
关于九月的喧嚣
为那些艳妆歌星
献上许多空白

我们从未相识
只在一起观望星空
星座闪烁在舞会之外
空旷在不尽摇滚中静止

唯有点燃一支红烛
明亮亮地想念你
和那支隔夜的舞曲

钟　亭

（1989年1月2日）

随着黄昏的风，我们去追忆晚钟。

湖上开满透明的冰花，清风托着夜色，均匀地摇进松林，多年以前的钟声，从林中传来。记忆小心翼翼地捧着我，捧着月亮淡淡的光芒，从树梢飘落而下，越过湖面，越过鹅黄的草坪，寻找晚钟敲响的地方。我们听到遥远的钟声，红星星和黄星星挂在天上。

我和记忆靠在钟上，记忆悄悄离去，我依然靠在钟上。

钟亭是一段历史，连绵烽火熏黑了它的身躯，我是铜钟上凸起的八卦神图，在火焰中鸣响着古人的节奏。记忆的声音从远方传来，我从铜钟上扬起炭黑的面颊，看到记忆面纱后宽阔的额头。

关于钟亭的记忆泻进湖心，冻僵成又一座钟亭。

追忆皇冠

（1995 年 12 月 3 日）

我站在风里，四周是晨耕的人们，我们的田野里有白色、黄色和红色的花朵。你从古老的日子里走来，我们相对而坐，孩提时代从你的眼睛里流到我的眼睛里，那么多年的珍惜，从我的身后绕到你的身后，我们沉默不语。

那么多年以前，你是一枚火红的枫叶，装点着域外的西山。我随着看山的人群，手里擎着为你献上的皇冠。那么多年过去，你是我记忆中珍藏的唯一空间，我收藏的三色花束，落到你的门外，头顶皇冠的年纪，变成我们共同追忆的风景。

我站在风里，听不到别人为我谱写的情歌，别人为我建筑的城池，早已化作一条小河，在风中枯萎。我唯一的行囊，是多年以前你短暂的叮咛，你的名字刻上我为自己竖起的墓碑。

就让我站在风里，遥望我们花朵绽放的地方，遥望你头上盛开的皇冠。

初夏之夜

（2003年6月29日至2003年7月5日）

初夏之夜在最漫长的春天之后沉睡
最凉爽的夏天
重逢和别离从天而降
当人们又一次拾起梦想，重新学会期待
瘟疫和惶恐从天而降
车轮追赶着呼哨
追赶着弥漫在故乡上空的仓皇
儿时的城市已经变了模样

在道路中央奔跑，奔跑
路过曾经熟悉的院落
脚尖踩上树和常青藤的影子
送行的人，送行的小路和花坛
早已没了去向

失眠的年纪如同古旧的座钟在初夏之夜
不厌其烦地敲响
同样的声音　　　　周而复始
同样的节奏　　　　年复一年
夜在钟摆的摇动下流逝
生命在我们寻找生命的途中流逝

送你离开是为了迎你回来
等待是为了不再等待
空阔的手臂从飞机场伸向蓝天
熟悉的大屏幕，不熟悉的躲在面具后的眼睛
把世界分割成前线和后方
闯入禁地
像冲上战场的英雄
完成一个战胜自己的壮举

倒下，故乡初夏的夜色深沉
倒下，仰望星光下屋顶结实的轮廓
远方的正午时分　　　　烟雨蒙蒙
迷雾中的寂静预示着危险还是机会
过去和未来对于现在
全都是难以解开的咒语

试着让自己停止思想
如同镶嵌进蚌壳的沙砺
任凭咸的和苦的海水流动
湛蓝色的命运
冲走的是记忆还是梦幻
正在沉淀的是梦幻还是现实？

用眼神纺织黎明的光线
初夏之夜
古老的烟雾在空中弥漫
古老的灰色建筑遮挡远方的路
遗失重复着遗失
等待重复着等待

晓　蕊

方晓蕊，1986—1990年就读于北京大学地球物理系天气动力专业。1898联合创始人。万石画艺有限公司创始人和设计师。同时担任UCLA中国研究中心理事，北京大学教育基金会顾问，硅谷未名天使投资人，赛富厦门基金合伙人，北大南加州校友会理事。

花衣蕊画

你爱吃包子皮
我爱吃包子馅
你爱吃鸡蛋清
我爱吃鸡蛋黄
花和蕊镶嵌在我们的名字中

想起，形影不离的青春相伴
想起，我们来自学五舞池里的情缘
想起，寒风中我相伴你送去情书
想起，春光里你鼓励我追求爱情
想起，粉红时尚的西装
想起，十五厘米的高跟鞋
想起，东单到西单飞扬的车圈
想起，毕业即下海的初心

曾经，北京，美食
曾经，威海，高尔夫
曾经，余姚，杨梅
曾经，宁波，寻古

曾经，厦门，鼓浪
曾经，西藏，跋涉
曾经，拉斯维加斯，看 show
曾经，比佛利山，逛街

你是盛开艺花
我是含苞晓蕊
你在韩国对面的岛　经营时装
我在台湾对面的岛　设计饰画
你是女企业家珍慧
我是女设计家安娜

你的一生在最高段落处戛然而止
未来　没有你的相伴
我的人生将尽量双倍的精彩

雪月花时

雨　木

雨木，原名何雪梅，1986—1990年就读北大英语系，1996年留学美国，获得工商管理硕士及法律博士。现居纽约。2000年开始零星诗歌创作。许多时候写诗不过是一种不得已的出路。

故乡——北京

（2013 年 3 月 18 日）

故乡在柳的枝头
在杨树干的疤痕
故乡在沉默龟背上的无字之碑
在佛面的凝神一色
故乡是我回不去的那个夜晚
你的歌谣和稀朗的星月

被骤然抛在此时此地
回眸看淹没的路
与纷纷的交错
有多少不解的风情
有多少泪水折射的阳光
被湖中的水草一一催眠

重檐上的麻雀　荷塘最深的根茎
你们诉说了前生的前生和来世的来世
那再也望不见的西山
和那不再潺潺的桃花之水

天空尘封了这个城市
并和它　所有的记忆

如果时间是一条可以回溯的河

（2013年8月6日）

如果时间是一条可以回溯的河
我愿不愿意游回母亲的子宫去经历
羊水的颠簸和黑暗与出生的痛
治疗甚至更远的创伤
然后回到你们每个人的身边
如一茎轻柔的水草
只静静地给你我全部的氧气和
温暖的舞蹈的绿色
不给你缠绕的痛和皮肤的擦痕
亲爱的，我想让音乐来自天外
而不是你我挣扎的震颤
今天，我是这样愿望着，为所有的过去

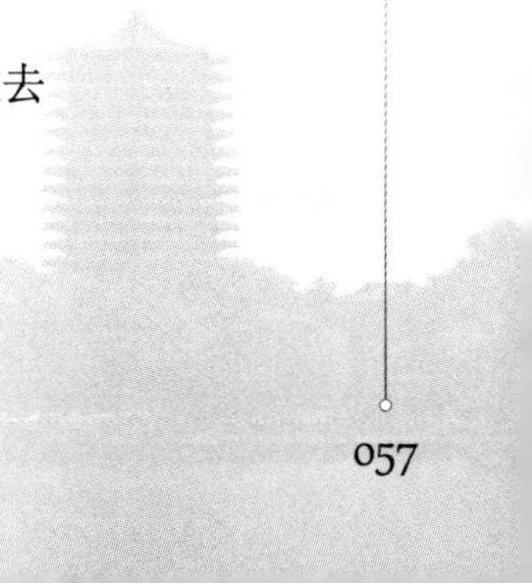

Face to Faceless

（2011 年 4 月 16 日英文，2015 年 10 月 23 日翻译）

我爱过你，在我的时间里，那叶蔓做成的画框
你的骨头，你的生命，你的光，我们的故事
镶嵌在了其中的这幅艺术品
你的脸消失，连同你的身体，你的呼吸
时间在我的静止中雕塑着你的模样
过去、现在、将来，全部都在了这静止中
我把你贴了各种的标签，我可以讲许多的你
如同给那些飓风冠上些不相干的名
但我无法形容你的力量
故事的枝枝条条是血脉血管
被我们的血液和共同呼吸的热延伸
你的脸被海风雕刻，被带盐的沙凝固
那些线条如诗，从一诗节挪向下一个诗节
这首歌继续在黑暗的河流之上漂浮
声音、回响、倒影、月亮和船
我们肢体的纤维在水下编织着
鱼儿是从另一个世界游到了这里
无法到达，无法触及，滚动着的水晶球体

我听见无数气泡在冷空气里破碎的声音
而我再也看不见了你的脸
我的爱，我们存在过吗？我们曾经消失过吗？
眼泪，串串闪亮的珠链，万道光芒的露水
光在舞，泪的都市，泪的城堡，泪的岛屿
水晶样的泪滴落，水晶样的球滚动
爆炸、噪音、血、火焰和洪水
哀伤在汹涌颠簸的海上奋力划桨
我向你放飞这眼泪，然后再将它回收给自己
它们飞向满是伤痕的月亮，飞向燃烧衰老的太阳
寻找着一片干着的土地，而我在寻找着那张脸
为什么从不会死去？为什么要活过这许多生？
什么时候那个永生才会终结？直到声音无声，颜色无色，空间成空
而那时我们就会融合为一，脸，也就从有到无……

我的身体还带着对你的记忆……

（2011 年 12 月 26 日英文，2015 年 9 月 26 日翻译）

橘子成熟地盈满着
被早雾的空气爱抚
呻吟轻微地摩擦着
好像在吟诵北极渐渐黑暗了的句子
我的身体还带着对你的记忆

庄稼组成蜻蜓的阵形
准备随时向白炽化的彩虹起飞
粉色的地平线扩展着疆土
而时间持利剑之火在吞噬那片天空
我的身体还带着对你的记忆

湖水照映如燃烧的面纱
灰烬似要缓缓沉入湖底
火花在苔藓的深井里游荡
仿佛笔下浓墨轻着的触触随意
我的身体还带着对你的记忆

眼中的星星在互相照耀
泪水淌在天空的面颊
古树一一垂穗呼吸
吹痒了闪亮肌肤上的细细绒毛
我的身体还带着对你的记忆

锣声穿透了细胞
揳入青草的土地
我想在这不能承受的死亡里死
让最后的吟唱成为这香草之夜沉寂的回声
我的身体还带着对你的记忆

回放老电影的底片
把它们像气球般注满新空气
扯动头发牵领那些引线
我想消隐在这深厚层次着的潮湿里
我的身体还带着对你的记忆……

印度·冥想·新墨西哥

（2013 年 6 月 25 日）

饮酒不醉，饮这风月会醉
恒河畔与太阳一起从高山顶腾升的刹那
一切的声音从遥远析入透明的皮肤和血管
潺潺并滔滔涌现
我在照耀那浣纱的女子
亦在照耀岿然屹立的自己
每一缕飞翔的金丝和每一朵薄翼的花瓣
在清凉的湖水和温暖的云絮里穿梭

鱼儿和水彼此划过无痕
这里没有故事，白色的理石分离的是此时的光芒
风驰在摩托上逆向穿过一个城市
天光下变化着那个湿润的自己
白色的丝巾挽起喜马拉雅山的稀薄空气
色彩缤纷穿插脑际间不同的笔触
而话语已在各部最初的圣书中为今天做了最终的祷告
在凌乱的极乐中无数的自己为同一个神祭舞

风在身体的周围也在身体的内部穿行
我看得见你来往无痕又留香的梦
海洋之母孕育的螺旋声音和贝壳分娩珍珠的呻吟
月亮走近的潮汐穿越那些发光的鱼
今晚我要唱出所有上帝的尊名
呼唤你掷在人间星星的陨石
心的火花燎原了身体的黑色森林
醉在你赐予的一片灵性喜悦里

安静的眩晕耐心等待白蛇吐出金色的蛇信
月在水中行在山间起伏在粉紫色的云中穿梭
我身体的晶石在洗涤吸收你折射出的深爱之光
你给我的种种月相我领受连同各种激动的水
巨大的能量沿脉轮向四面八方震颤着密集的波与粒子
我的全部是你永恒美善之树的一个叶片
潜意识中深埋的伤痛被你光滑柔美的手一一照见抚摸治愈
嘴唇的颤抖不是来自我的呼吸而是地球母亲的脉搏

今晚让我们放下难以分离的重负
扎根在引力之中彼此连接的心脉巩固着各自的生命
走过祖先走过的大地走过祖先化成的尘土
淋着十二年前同样的雨滴

呼吸着你我编制的宇宙大梦
风的呼啸和铜锣都在传导最初的声音
种种不幸凋零身体的痛会消失在漂浮之中
然后我们将以天使的凝视相认那早已不分的彼此

新墨西哥 high desert

（2012 年 8 月 15 日）

那样的风穿过发抚过耳轮
那样的草叶之香从露水中骤然释放
半熟的杏子在内心酝酿着饱满
棉花老树在紫红黄褐的岩土中兀立
凌晨生蜜的空气
还未被阳光穿透稀释
东方的淡淡之粉西方的幽幽之蓝
将女子拥揽入怀并托举成山峦
成为永恒浮云的剪影

秘密地，我用沙的细语呼唤你的爱
你那千万颗星星

包围了银河大道般窒息的爱
流星也一瞬闪电也一瞬
爆裂的松子与仙人掌扑朔的花朵绽放也一瞬
闭起双目，好识着针芒样你的气息
打开耳朵，捕捉着你在千百万人群中流淌旋转的音符
进入你的存在，我即在自己里呼吸
如风如火的形如水如气的意

深静中，沙漠正在冥想一场滂沱的大雨

2013年写雨

5月　雨……

这从地心升腾的雨
从天外飘来的雨
万物淋着你
诸般的清醒和迷离
曾在祝福里狂野般逃逸
又被你纷纷诅咒轻拥入怀

雨，一缕缕涂青抹绿
亦挟泥沙俱下
雨，一朵朵桃粉梨白花袭人
亦伴着电闪雷鸣
雨，你是所有的声音
而所有的声音亦都是你

6月　蘑菇

在湿润的空气里膨胀
土地也在膨胀
磁电波丝丝缠绕这个时刻
阴天总是隐约的神秘
而炙热的蓝色在体内燃烧
照向幽谧的花园
淬炼着一场雨

天　地

绵绵交合
追溯到史前的图腾
舞蹈中完成那对自己的祭祀
泪涌动弧线飞溅
记忆着那些重重叠叠的
色光流转和模糊倒影

随即又破灭

吻　你

无数的碎片在激情中聚合
从海水出浴的片刻完整而美好
融化了因分离而空虚隐秘的疼痛
凝聚的意识击打了蝴蝶的心脏
旋即从一个标本里复活
遨游到蓝天之外的
明净高空

9月

流过的东河，那些水
是否也在过我故乡的湖泊与河流
眼中的泪，这些滴
也会在阳光里蒸发
成为雨，再次飘来
淋十二年后的我
或谁

……

雪祭

（2013 年 12 月 14 日）

内心的雪还在下
忧伤的水在孤独中结晶
满天飘落那些只有我识的字
呈现给世界仿佛的静美

纷纷的琐碎
隐形开放并凋零的花朵
你都经历了些什么
密密的爱从四面投向了荒野

原罪是那最初的选择
从天空之外的降临
飞舞一场宿命的顺遂
还是某种臆想及之后的离弃？

抽象企图虚空留白
而许多的无以名状却来充满
苦寻的秩序被蕴含的热力摧毁

那些完美的六角彼此刺痛

要多深可以掩埋自己
要覆盖多少的内容才算浪费得甘心?
荒芜的土地经过四季的拷问
莫非只有在墓碑之上刻那口中衔荷的女子

飞鸟啾啾踏上重生的路
没有声音的皑皑茫茫
蜘蛛蔓延它纤细的欲望之丝
百分百地投入自己设下的百分之一的局

去向还是无意地至归
得逞于洁白却又失算于泥泞?
这长长短短的影子我识得几个?
神呀就请你拿去吧，这全部的残缺之美

让忏悔和亲密的柴将心火点燃
烧尽锁在身体里所有曾经的伤
释放一场透彻的灵雨
在这还未老去的时空里……

我爱，我在

（2015 年 8 月 26 日）

即将的九月来临
从出生的一刻便开始去熟悉日光渐短
空气里似乎总弥漫着离开的滋味
追随内心那一个个漂泊的影子

生命的这场偶然和必然
以及随时可以被虚幻的存在
我们彼此坚持叙述轻重不能承受的意见
却不见宏大的赐予早已是覆载特修斯之舟的海水
我爱，我在
浪花抵达岸的奇迹同时于泡沫的破碎之响
在眸子里互相看见的刹那
就是一次次与上帝相会在自然的庙宇

今日的十四行

一、2015年10月8日

记忆的冰块消融化作雾气的鸟儿飞去
只留下一丝羽毛的响
这逐渐的变暖和漫过的海水
挥发和收缩着存在所承载的体积
自生自灭的细节与对话
随时丢失又建立的自己到哪里去做拷贝？
显现和消隐，放纵和冒险，设防与交付
曾经的熟悉被断桥阻隔都在渐行渐远
这是一份手心抓也不住的在劫难逃
我必须要飞到多高的高空
才可以看见一切依然保存完好
曾经的一个个我已是清明了的一体
没有生死只有来去的怜惜
不在也是在……

二、2015年10月16日

太阳本来散漫的光芒
在秋天的早晨就是我捕捉的凝视

城市也无私地呈现它的一切
流动着毫无保留的纷乱
剪裁、叠加、配音、着色……
经典在没有秩序的秩序中
网络那些仿佛要凝固的破碎
而细语，从地心里来
从阔叶林，针叶林，雨林的叶子上
纷纷轻轻地滑过来
我无需记忆露珠曾经怎样折射过
若干光年外的景色
只需在着……
此刻就已幸福无比……

三、2015 年 10 月 18 日

迎着太阳的光
被它磁石般的温暖笼罩
同时被它的芒刺穿透
如果此刻回首
就会变成盐柱
如果停留在塞壬的歌里
就永远回不到故乡
只有大胆地走入

直到枫林尽染，直到雪被烧起
直到一场人生的迷醉到达醒的边缘
直到回去我来的地方
那冥冥的一念，所图画了的一切
就被彻底地融化了
不再为云，飘过你的天幕

四、2015年10月24日

阳光洒进失去的睡眠
阳光回头照向过去的日子
已经塌陷的模糊的影
阳光看见我不妥协的核心
壮烈却又无效的反抗
那柔软的碳和坚硬的钻石
我赖以生存的
自己铸就的合金之锚
和不被漩涡吞噬的纤细之响
云图亦是心图
我被你在天空抛出的渔线赎救
勾起从茫茫人海
鳞片之光在瞬间也就有了
彩虹的模样

五、2015年10月27日

自己行走带着萤火
所有的地方都是陌生
所有的地方也都是熟悉
纯粹的光与纯粹的黑相遇
焰火无声地响彻天空
花开花落瞬间无数
真理层层地打开并伸延
进入宇宙的深处
我是所有事物的容器
是秋天穷尽了所有树草的颜色
轻声地和祖先攀谈
也和未知无惧地拥抱
无疆之爱涟漪着在无限的海
初心亦纯洁如初

六、2015年11月1日

如果醒来看不见蓝天
是否可以成为我放弃今天的理由

如果此刻虚空着
是否就会缄默吟诵爱情的歌喉
如果一连串的偶然浪花般推向必然之岸
我是否会拾起带着紫韵的贝壳端详？
如果在禅定中直觉凝聚有无限的穿透之力
我是否应该与自己和解
在宇宙里的诸般存在中释然
隐约的忧伤
你和我做着一生的游戏
你穿入梦的衣襟并停止在意识的转弯
你和我在清晨的床上同眠同醒
期许和畏惧着这一天终将如何地展开

七、2015年11月1日

家是院子里夏日的香水月季
葡萄架的荫凉，牵牛花的木篱笆
和竹簾上晒着的黄花
是秋天缀满枝杈的金澄澄的柿子
和不远处老榆树粗逡的洞穴
是家具被漆成了淡蓝的颜色
和一辆凤凰自行车轻轻地驶过
家是那园子里桃花梨树苹果香

蜻蜓透明的翅，萤火虫忽明忽暗的光
是我一直逃离和妄想的归去
我永不得的永远的寻找
我没有积木的蓝图和没有城堡的流沙
是我怀抱过的恋人们曾经给我的
一幕幕残缺了的幻象

八、2015 年 11 月 5 日

墓碑上只是名字和生年卒月
故事都埋在了地下
被柏树枝和焦黄的落叶覆盖
放一枚石子
是坠住逝者那早已轻渺的灵魂
还是表露探望者
思念的核心里依然不能化解的重量
家族的血脉树根般展开着联系
而树枝交错织就美丽的树冠
午后的影子投向那未被雕刻的碑石
天可以那么蓝
蓝的一切都没有了界限
蓝的我想说因为爱
我情愿是最后一个死去

燕　萍

贺燕萍，女，汉族，天秤座。外地人在北京的第三代。1986年从北京朝阳区工大附中考入北大历史系世界史专业，1990年毕业后在北京市永安宾馆工作，1998年进入证券行业，先后任华夏证券有限责任公司研究所客户服务部经理，中信建投有限责任公司证券机构业务部总经理助理，光大证券有限责任公司机构销售部副总经理、总经理，光大证券资产管理公司总经理，国泰基金管理有限公司副总经理和西部利得基金管理有限公司总经理。虽然一直在资本市场闯荡，但始终保持一种文艺清新的情愫。业余时间喜思考、阅读和旅游。

谁曾是我生命的过客

（2013 年 12 月 31 日）

谁曾是我生命的过客
一起趟过时间的河
谁盛开在我的记忆里
笑看微风缱绻，岁月如梭？
谁与我在星夜共舞
在阑珊的冬日里闪亮？
谁让我从梦中醒来
零落在星空里　无限苍茫？又是谁与我一起追赶
醉了的夕阳 ?

胡　玮

男，出生于1967年，现居美国亚特兰大。自幼有幸徜徉于燕园山水之间，并于1986年考入北京大学法律系经济法专业。1990年毕业后，一去万里。1994年在美国南方小城梅肯获法学博士学位，遂从事法律及企业法务工作至今。搜肠刮肚少佳句，偶为私心赋小诗。深知人在世上是客旅，是寄居的，但也为一路走来的一切际遇而常怀感恩之心。

夏日即景谢友人

小园一夜雨，
涤净叶纷纷。
夏日何甜蜜，
叶落兆秋声。
飘然或无谓，
或盼季节新。
或叹智叟众，
无人识奇文。[1]
梦我仲夏梦，
我道梦亦真。
流光飞逝去，
一息为君存。

---

① 典故见旧约圣经但以理书五章。

黄　伟

黄伟，祖籍广东，1986年入北大物理系，1991年出国，现居美国西雅图，在微软总部做软件工作。从小喜欢文史哲，欣赏中国古典文化。小时候看祖父写给父亲的很多家书，书法美轮美奂，措辞古典韵味。大学时反对“河殇”全盘否定中国文化的观点。出国时只带了两本书，英语字典和唐宋诗词。现在酷爱读书，多方涉猎，有时写作散文和诗歌与亲朋分享。

南加凉夏

作于2010年夏。在四季如春的南加州家中后院摇椅休息，远处天边一道飞机的白线继续缓缓向远延伸，院里的棕榈树叶随着徐徐的海风摇曳。以前体会不到这种常见的景色的好，那天突然看到。

一线云飞远，
三绺椰舞轻。
草青非另处，
心悦在如今。

金 意

金意，原名金英姬，双鱼女。1986 年从白云黑土之地来到令人心神向往的燕园。命里文曲星环绕，先后获北京大学学士、硕士，韩国汉阳大学博士学位，并两度赴美国宾夕法尼亚大学做访问学者。目前在一家科研机构码字为生，很多时间寄情于水墨丹青，与山水花鸟为伴，梦想回归厨房，相夫教子。

自诩为梅：有梅一朵，开在三月。有傲骨，有暗香。傲，可让人敬畏；香，能让人沉醉。只是，等你来闻；只是，等你来懂。

时常自勉：你若灿烂，花开在前；清简内心，一切皆安。进一步，有风景；退一步，得心境。

喜欢万物复苏的开春大典：柳烟一起两三波，桃红杏白四五处；清风荡漪六七层，山盟缱绻八九生。

这半生是：一程路，两地思，三番顾，四回盼，五味苦，六处欢，七里香，八重暖，九彩意，十生念。

总希望：快乐地年轻，优雅地老去；让生命光彩绽放，让岁月安详无恙。死后，坟前种着一棵开花的树，花儿娇艳盛开，朵朵裹着我此生的盼望，静静飘着清雅的幽香。

百字令·悼恩师

纪念本科论文导师王汉生教授。

惊
王师
乙未秋
驾鹤西去
师恩难忘怀
无以报却成殇
未名碧水应有情
博雅塔下丽影如旧
燕园一生桃李满天下
未曾忘昆山春行笑语盈
谆谆教诲不倦育新苗
宅心仁慈不闻是非
宽厚待人递温暖
只可叹形影单
多少憾无言
音容宛在
唯愿师
无伤
安

林间的歌谣

东　东

东东，原名李东利，生于1969年，双鱼女。1986年从成都七中考入北大社会学系，1990年毕业，进入北京安定医院从事精神科临床心理工作至今。

1989年，认识年长38岁的高先生，相伴廿余岁月，消磨白日黄昏，爱到物我两忘，直至2014年3月高先生辞世，继续人生之旅。

目前业余参加《圣经》学习，与猫狗为伴。数月以来时有句子萦于脑际，姑且记之，为生活注脚，或亦可称之为“诗”。

那些风中凌乱的日子

（2015 年 5 月 8 日）

那些风中凌乱的日子
那些洒落一地的相思
那些决心离开的誓言
　　　　都在这个黄昏
　　　　　　你出现的刹那
　　　　化作了轻舞的碎片
　　　　　　纷纷扬扬

也许爱情
仅仅是个魔咒
让我们在相互扯撕中
呈现了各自的真实
那么
在这个薄情的世界里
我依然要深情地活着
如果真的还有你
那就是穿越时空的盛筵
　　　　哪怕路途遥远

我也会从容奔赴

永不回头……

今　晚

（2015年5月30日）

今晚
那些迷离的灯光
替我诉说了道别的絮语
没有春风的夜晚
沉醉
是离别前的故事
……
这样的时光
总是这样
令我贪恋与痴迷
哪怕知道
接下去
是汹涌而来的惆怅
和空空荡荡

……

这样的时光

总是这样的迅忽

来不及说一声感谢

感谢是你

让我遇见了另一个美丽的自己

尽管

（2015年5月28日）

尽管

相见的时候

又是即将启程的时候

——我们能相拥的

只是此刻身体的温度

　　　　　　　　我的衣裙

　　　　　　　　你的味道

——我们能攥住的

只是短短的时光

　　　　稍纵即逝……

无论如何
还是要感谢上天的眷顾
——正当思念如潮水般涌来
四面八方
令我无法抵挡的时候
有份神奇的力量
把你召唤到我的身旁
慰藉我的心与灵
继续踏上
那条永爱的征途……

你　说

（2015年5月22日）

你说
“明天，太阳会与你同在”
你却不知
因为有你
我就是阳光
快乐地倾泻

酒满心田
……
即便爱已成为一个千年的传说
我也会为此
深情款款
暖暖地守候

你，越来越近

（2015 年 6 月 8 日）

你，越来越近
世界，越来越远
你，越来越清晰
世界，越来越朦胧
成为淡淡的背景
……
那些道路的泥泞
那些机器的轰鸣
那些风和雨
那些苍穹下满天的星星

都在汇成
我们故事里的音符
……
推开窗门
万物齐来
我微笑着
拥抱每一个清晨每一滴露珠
温柔似水
笑靥如花

致北大湿瓷绘

（2015年8月11日）

以为已经
摇落尘间的梦想
忽然在这一夜
温柔地苏醒
穿过时光流转
穿过沧桑更替
穿过信念的枪林弹雨

我们重新集结在
这块心灵的草坪
身后是
世界的风光旖旎
…………
而我
不管曾经怎样的沧海
会永远是林中
一捧清冽的山泉
待你渴了
一饮而尽

爱上一个人

（2015 年 9 月 19 日）

爱上一个人
是苦涩
是狂欢
还是万劫不复

爱上一个人
是契机
是新生
还是凤凰涅槃

艳红的苹果
鹅黄的梨
淡紫的小雏菊
还有透明闪亮的露珠
生命的颜色原本
　　　　就是如此的鲜艳
只是我们
闭上了
发现的眼睛
我们懵懂在
迷失的路上
忘记了太阳的方向

是玫瑰
终将华丽地开放
是河流
终将归于大海

不管河岸
沉沦着多少经年
　　　　的死死生生

爱上一个人
恨，可以放下
怨，可以抛开
情，可以永生
而你我
如云烟中倦飞的小鸟
可以回家……

可以任意触摸的你

（2015年10月7日）

可以任意
　　　　触摸的你
是我从未有过的惊奇
可以轻轻
　　　　吻遍的身体

是如此生动的真实

当星星变成了
另外的颜色
我们依然会仰望夜空
寻找哪一颗
忽闪着
　　　　扑朔迷离的未来

爱情原来是
这样一场
　　　　欢愉的游戏
我的诗行
总要蹦跳着冲出
　　　　小小的胸膛
发出呦呦的鸣唱

生命原本是
这样一场
　　　　行走的盛筵
流着泪
唱着歌
大快朵颐

是我要的肩膀

（2015 年 10 月 16 日）

是我要的肩膀
可以轻轻地啃咬
是我要的胸膛
可以暖暖地流连

心情
因你而增添了频道
歌唱
因你而调高了音量

也许爱情
就是无视理性的存在
那些苦心经营的堤坝
面对生命的
　　　　原生质的浆液
一触即溃
那些久久埋藏于

身体的悸动
喷薄欲出

还有
美丽的音符
找到了
属于自己的五线谱
还有
青翠的诗行
如雨后之笋
破土而出
在原野上疯长
不管春夏
还是秋冬

致王尔德与“快乐王子”

（2015年10月23日）

这个冷雨的秋夜
倾尽所有的小王子

连同你
忧伤而美丽
　　　　的童话
寂静地燃烧
一如点点烛光
卑微而高贵

即使一切的牺牲
都在阴沟里
　　　　被碾压得粉碎
即使两手空空的人类
早已忘记了
　　　　阳光的滋味
即使我们居住的星球
从来是魔鬼手中的玩具
——我们还是会
　　　　追寻光明
还是会相信
快乐王子和小燕子
在天堂的花园里
唱歌

如此
我们终将离开的世界
有了一息尚存的火苗
引我们看见
爱，才是唯一的——
　　　　拯救

穿过时间的隧道

（2015年10月25日）

穿过时间的隧道
我和你
要结伴而行
让大海
让山峦
让森林
让河流
让这些风景
路过我们的眼睛

当然
时间的隧道会弯曲
也许我们
找不到虫洞的出口
据说
量子会纠缠
宇宙会塌缩
曾经遍地的恐龙
灭绝在白垩纪的荒原
猛犸象消失于
　　　　远古的冰河期
每天都有新的物种
　　　　在濒危

但是任何故事
　　　　都无法带走
　　　　此刻的喜乐
任何理由
　　　　都无法剥夺
　　　　享受空气和阳光

就这样

融化在时间里
让匆匆的春夏秋冬
　　　　一一掠过
而我
笑靥如初
与你
　　　　相拥而眠

那一刻

（2015年10月29日）

小屋里
还弥漫着你的气息
糖炒栗子混合着
　　　　某种烟草的味道
晚餐与葡萄酒的甘醇
　　　　令我轻轻咀嚼
咀嚼一份平常的幸福
　　　　宁静而无拘

释放了我们的身与灵
松开了捆绑生命的所有
那一刻
偎依在你的怀里
觉出拥有了全世界
那一刻
清清浅浅的脑海
熠熠生辉

童　年

（2015 年 11 月 1 日）

踩着落叶
迎着秋夜里
　　　　晴朗的星空
你牵着我的手
我牵着狗狗
我和你
要一起长大

长大
就是重新找回
我们久违的童年
那个被丑陋的世界
几乎剥夺殆尽的童年

也许是上天的眷顾
我们心底的小孩
还没有停止玩耍
还来得及
让童年那种
亮晶晶的颜色
重新注满你我

也许每个人
都来得及找回
失去的乐园
我们不是如期地
找到了彼此吗

从此
像植物一样生长

伸枝展叶
沐浴阳光
从此
我要挽起四季的风
不知疲倦地歌唱
把你眼睛里
　　　　残存的忧伤
吹得不知去向
让我们无家可归的心
找到睡觉的地方

因为你们——再致湿瓷绘

（2015 年 11 月 11 日）

恋人
给我以身体与身体
碰触的质感
而我亲爱的朋友
　　　　——你们
令我听见了
精神与精神

撞击的声音
如同金属
在漫漫长夜里
发着自己的光

因为你们
灵魂不再
蜷缩于某个角落
因为你们
灵魂可以号啕大哭
可以放声高歌
也可以浅吟低唱

或许
我们还会长途跋涉
越岭翻山
我们仍将背负行囊
再次起航
我们依然继续找寻
找寻存在的意义
和生命的真相
而因为你们
委琐的世相之下

心还可以飞升

　　　　延伸到无限的远方

终有一天

我们在峰峦之巅

　　　　拈花相笑

　　　　花雨坠天

静　子

静子，原名李静，毕业后是民主党派中央机关干部（归统战部管辖），后就职于四通集团商务部、香港高胜（国际）公司，之后在北京、南京拥有了自己的公司。三年前胃癌动了手术，至今无业游民，家庭主妇，兼大龄文艺女青年。

（注：李静同学于2015年12月9日去世。）

老　桥

那年的温哥华
情人节下着蒙蒙的雨
你　牵着我的手
走进童话般的森林
在一座青苔斑驳的木桥前
你说
到了　就是这里

你说
这是座老桥
存在了近一个世纪
现代摩登男女
早已把它忘记
但　今天
就在这里
你我都要牢记：
并肩刻下的两个名字
永远永远不会分离

那天的森林静谧
那天的芳草滴绿
那天的小鸟在密林中
歌唱着温情的细雨

你说　每年的今天
我们都回这里
看看古老的木桥
听听细雨的甜蜜
还说　如果工作很忙
来不了　也没关系
总有解语的鸟儿
传递老桥寄语

后来　真的每年
我们不忘重回那里
拍拍慈祥的老桥
倾诉生活的如意

我们实在太年轻
年轻得以为　生活
将会永远　这样
幸福　平静

一天天地过去……

福兮祸兮
转换只在旦夕
虹桥骤断
总是晴天霹雳
纵使相逢　也应无语
况　重洋遥望
远得
已没了消息……
…………

当时光　老去
岁月不留人间悲喜
在一个偶尔的春夜
如果　天空飘起了细雨
你　是否能够记起：
那座老桥　依然
静静地守候在
温哥华　永远的森林里

秋

微霜寒初彻，高天雁南归。
水清入画影，雨冷落叶飞。
繁花追时去，膏蟹伴桂肥。
风凉诗意在，竹露映朝晖。

抗　争

昏睡，昏睡！
抗争，抗争！
骨中的骚动
是敌我的杀声！

支离的防御
残破的擎撑
我以我命
抵住反噬的入侵！

大汗中醒来
淋漓后庆幸
夜幕虽降
我知道黎明！

疼，疼，疼

疼，疼，疼
眼睁睁！
虫嗜蚁咬活生生
嗯啊哎哟都喊尽
不敢叫娘惊双亲

疼，疼，疼
硬铮铮！
双肋抽刀背滚钉
而今方觉牙齿利
嚼碎夜色嚼天明

疼，疼，疼
不惊恐
痛极失笑眼泪中
早知今日千般苦
养个二胎应个景！

附湿瓷绘友和诗

胡　玮

疼，疼，疼
思良朋
心如刀戮泪沾襟
祈福千般同袍义
含笑赋歌君可风

汪　浩

疼，疼，疼
战哀神
莫将诗友当病人
谈笑吟诗两三首
反叫鬼神肚子疼

李　聿

李聿，男，1967 年生于北京。1986—1990 年就读于北京大学英语语言文学系。1997 年赴澳大利亚。喜闲人野鹤之生活，以炒股及诗文书画打发光阴。

致 J

你像古书般苍老
我凝视着你金色的皱纹
你的脸庞如篝火般燃烧
我胡乱地抚摸，发出噼啪的鸣响

有菩提叶和太阳升起
有雨滴的拍打，有干旱的皲裂

我不忍心将你打开，
怕再也合不上，
怕窥见你的秘密
其实是远方的一片枯叶

日 子

日子一天天从我的脚底升起
是疲于奔命的开始

还是无所事事的结束
并不重要

像其他时代和其他地方的其他公民一样
我绕着地球开始自传
阳光一点点把我变成标本

被目的所规定的
不是我的理想
没有比生活更为深刻的否定
也无法选择迷途从哪里开始

总之要读出这些日子所有的暗语和符号
用饱蘸时间的笔锋刻下思想的皱纹

我试图用诗歌将自己绑架
却发现没有银两缴纳赎金
只好膨胀自己的毁灭感
追寻高贵的颓废
认定痛苦是我们走向世界的要塞
日子是我们光荣的避难所

但情况并不是这样
无耻的人可以更无耻
高尚的人可以更高尚

我愿意

我愿意投入你的罗网，在网中快乐地挣扎
我愿意化为疯长的野草，将你无情地围剿
我愿意在细细的沙滩上，一粒一粒亲吻你的脚趾
我愿意在柔柔的灯光下，一线一线编织我们的爱情
我愿意追随无形的风，抚摸得你无处躲藏
我愿意融入不绵的雨，稀释你忧伤的泪水
我愿意将所有的道路掩埋，只留下一条幸福之路属于你
我愿意在相反的方向复制你的脚印，将所有爱慕者引入歧途
我愿意和你面对面化为两尊雕像，每晚在月光下彻夜长谈
我愿意坠入你无底的黑洞，以光的速度也无法逃逸
我愿意在地震的废墟中，用我的尸骨支起你的睡床
我愿意和你一起见证宇宙的最后时刻，任何力也无法将我们骨灰的粒子拆散

漂　泊

当漂泊早已成为地图
忘却的压力在炉火中沸腾

当胃疾作为驿站
回忆的时钟提前步入老年

当诗歌停顿下来
肉体的盛宴在精神花园中盛开

当插曲成为命运的主宰
爱好以恶习的仪式被哀悼

当流浪汉步入静谧的小巷
树上的果子一飞冲天

当时间在悬崖上翩翩起舞
棋子终于摆脱了棋盘的纠缠

当汽车的尾气摘下激动的面具
虚构的快乐闻到了死亡的气息

立 场

态度暧昧的柚子
诉说着苦涩的圆润

血液是要流动的
用一把刀，割腕
证明

所有自画像都跳了出来
对着真人傻笑

一个人附和着
表达了剩余的立场

怀 宇

刘怀宇，本科毕业于北京大学英美语言文学系，美国加州大学洛杉矶分校（UCLA）语言学硕士和电脑科学硕士。曾在全球最大企业软件公司甲骨文（Oracle）任软件开发经理，现为美国风投基金合伙人，投资革命性高科技公司。业余在海内外发表小说、散文和随笔四十余万字，著有小说集《罗马·突围》。

流星雨

（1996年）

人们说
夜深，有过一场流星雨
他们甚至听见了
那些细小的水晶
闪烁而过
无边的黑暗时
叮叮淙淙的声音

或许，是由天堂而来的
眼泪吧
然而在那据说完美的地方
又有什么会碎呢？

素心集

小　隐

马小隐，五月之花。花是女儿的命运，花开花落，便是一生。

祖籍河北。1986年，追随理想，考入北京大学，就读于中文系。1990年毕业。虽然时有游历，但北京是居留最久的城市。

爱自然，爱风花雪月。爱诗文，敬惜字纸。

一年四季，春夏秋冬，是最美的诗意轮回，而将这一切记取下来，便是最美的诗篇。

随意，随心，享受生活，享受自然和人文之美。在红尘万丈的繁华之后，隐逸着她恬淡清和的内心。虽然也历经波折，但依然秉持素心，不忘初衷。

在春天　凝望一树玉兰

在春天
凝望一树玉兰
想起我的外婆
因为她有一个玉兰的名字

我的童年
依偎着她
在那个宁静的小村庄里
她静静地坐着
一针一线
缝着给我的绣花鞋

世事变化
我们离开村庄
来到城里
我迅速地长大
甚至都没有看到她慢慢老去

我们一直在一起
直到我离开家去上大学

那一次的离开
却没想到是永远的离别
她的生命
在那一年忽然落幕

在突然而至的痛悟中
我看到命运之手
重重地掩上大门
我的童年
我的少年
随着她的离去
就此尘封

尘世间早已经没有她的身影
关于她的记忆
隐藏在玉兰花树里
在湖滨
在街角
在每一个玉兰花忽然出现的地方

与故人京城相遇感怀

四月芳菲盛，
忽有故人来。
相见不相识，
睽违二十载。
日月如穿梭，
今夕与君逢。
夜深灯下语，
倏忽天欲明。
君心似我心，
悠悠故园情。
世事波上舟，
聚散如飘萍。
感怀离人意，
珍重复珍重。

来今雨轩

2015 年仲夏一日，来中山公园音乐堂听琴。随后在园中漫步，至来今雨轩。门前悬挂楹联曰：“莫放春秋佳日过，最难风雨故人来。”

民国时期的来今雨轩，曾“谈笑有鸿儒，往来无白丁”，人文荟萃，溢彩流章。然物换星移，世事变幻，至今日则似“门前冷落鞍马稀”……有感于斯，在无人的庭院踯躅良久，怅怅而不忍去。

夏日寻芳至此边，
绿树婆娑掩故园。
昔日京城繁华地，
来往鸿儒谈笑间。
今朝寂寞庭前院，
一片孤石对楹联。
春秋佳日寻常过，
旧雨今雨皆无缘。

大暑听昆

乙未盛夏，时值大暑。赤日炎炎，热风扑面。穿越半个京城，到京西学津堂听昆曲。款款漫漫云水心，一曲玉箫动幽情。果然是“热散由心静”，一曲既毕，凉意顿生；如此琼瑶，心下幽清。台上人款款曲曲，台下人婉转衷肠，浑不知外面尘世之暑热也。

大暑时节学津堂，荟萃一室听昆腔。
笛声悠扬人声美，恍若传来天外声。
粉墙花影自重重，抱琴弹向月明中。
云心水心堪愁闷，长叹空随几阵风。
世外仙音绕梁来，举座君子侧耳听。
月明云淡露华浓，含英咀华皆动容。
谁家月夜琴三弄，细数离情曲未终。
此曲只应天上有，飘落尘世露芳踪。

鹊桥仙·七夕

月凉如水，
寒星点缀，
岁岁此时心碎。
一年三百六十天，
只换得一夕相会。

浓情缱绻，
离伤肠断，
频频回首相看。
离多聚少徒奈何，
年年将千山踏遍。

临江仙·桂花

时光荏苒，流年暗中偷换。刚作完荷花诗，转眼间已是仲秋桂月。若是在南方，此刻又是满目澄黄、金桂飘香的景象。每年此时，整个桂林变成金色，香气弥漫，以致夜不能寐！可惜北方因为气候原因，桂树太少了。有一年也是仲秋，颐和园举办桂花展。那些桂树被种在硕大的花盆里，冬天都要被搬到室内，躲避隆冬。

我极爱桂花，爱她那少女般娇嫩的黄色，爱她那馥郁甜醉的香气。脸上敷一点桂花粉，头上抹几滴桂花油，从秋风里走过，就是我快乐舒爽的桂月了。

金桂飘香弥倾城，熏风拽动裙裳。
豆蔻年华娇与羞，汝是谁家女？
耳边簪黄花。

看罢芙蓉访桂花，春风秋月吾惜。
流年似水实难挹，但随蝴蝶舞，
迷醉花丛中。

观梅派京剧《西施》

水殿风来秋气紧，月照宫门第几层。
倚遍阑干无凭处，倾国西子独沉吟。
吴越干戈久已动，兴亡成败系一身。
满朝冠盖皆无用，红颜越女入吴宫。

三千粉黛人人怅，万般宠爱是夷光。

朝歌夜宴馆娃宫，响屧廊中听足音。

浓情缱绻承恩宠，爱恨情仇可分明。

绝世芳姿吴王惑，哪知世上有越王。

夫差亦本一豪雄，称霸一方气势冲。

可怜情迷绝色女，江山易主家国倾。

胜者王侯败者贼，举剑自刎谢先宗。

吴越争雄尘埃定，是非功过任人评。

苎萝溪边浣纱女，留得千秋万古名。

功成身退随蠡君，五湖泛舟逍遥行。

北海探菊

时维九月，序属三秋。九月菊月，必来看菊。择一风和日暖之良日，又赴北海探菊之约期。年年岁岁花相似，岁岁年年访菊人。

“春兰兮秋菊，长无绝兮千古。”菊之风韵，在中国文化中已摇曳生姿两千余年。“兰有秀兮菊有芳，怀佳人兮不能忘。”每当此时，秋风吹起，传送菊香，文人壮士，多有彷徨。

菊月清芬必访菊，

旧交重逢两相觑。

昔年此时曾探寻，
今岁故地又相遇。
菊无片言对人面，
人有灵犀解花语。
惺惺相惜不忍去，
年年九月约为期。

亭亭记

秋将尽。别秋小舍，又去探看。至南城陶然亭。

陶然亭得名于白居易诗“更待菊黄家酝熟，共君一醉一陶然”。它是明清时期北京的风雅之地，文人墨客经常在这里雅集修禊，赋诗赏景，宴饮酬唱。20世纪80年代，陶然亭公园又辟“华夏名亭园”，最终形成一座以突出中华民族亭文化为主要特色的园林公园。

名亭园内原样仿建了中国六省九地的历史名亭，有独醒亭、鹅池碑亭、兰亭、谪仙亭、少陵草堂碑亭、浸月亭、醉翁亭、百坡亭、沧浪亭、一揽亭、二泉亭、吹台等十余座，实可谓名亭荟萃。

在中国古典园林中，几乎离不开亭。它四面临风，轻巧玲珑，恍然是在天地之间安置的空灵的人类之睛。诚如张宣在题倪瓒画《溪亭山色图》中所云：“江山无限量，都聚一亭中。”

暮秋天寥阔，登临陶然亭。
清风拂古今，白月依旧明。
凭栏感怀意，可与古人同。
兴怀信步走，一一访诸亭。
沧浪之水兮，屈子云独醒。
鹅池挥墨宝，千古一兰亭。
太白乃谪仙，倾世之才情。
子美称诗史，也有丽人行。
茫茫江浸月，铮铮琵琶行。
醉翁不在酒，在乎山水中。
东坡八斗才，遍洒诗文丛。
吹台四面空，任凭水上风。
二泉映月夜，静听风入松。
依依流连过，频频回望中。
亭亭皆大美，一揽江山胜。
诗文之泰斗，灿烂若辰星。

千　黛

千黛，原名王孟群，中文系古典文献专业。曾著小说《倾城之蝶》，编著画集《天地大美》。

迷恋诗词与书画，访古寻新，潜滋静修。“劝君莫作下颜看，曾经沧海泪阑干。云暗五湖无觅处，鬓影依稀满千山。”

感北大校长（一）·孙家鼐

（2015年5月23日）

北大第一位校长孙家鼐（1827—1909），字燮臣，号蛰生、容卿、澹静老人，安徽寿州（今六安寿县）人。诸兄皆科举取士，清咸丰九年（1859年），以对联“亿万年济济绳绳，顺天心，康民意，雍和其体，乾见其行，嘉气遍九州，道统继羲皇舜光；二百载绵绵奕奕，治绩昭，熙功茂，正直在朝，隆平在野，庆云飞五色，光华照日月星辰”拔筹状元郎。

此对联既歌颂了清朝的丰功伟业，又巧妙地把历代皇帝的年号“顺治”“康熙”“雍正”“乾隆”“嘉庆”“道光”等嵌入联中，绝妙文辞，龙颜大喜。后与翁同龢同为光绪帝师，主张维新变法，科学救国。累迁内阁学士，历任工部侍，署工部、礼部、户部、吏部、刑部尚书，文渊阁大学士，学务大臣，武英殿大学士等。

1898年7月3日以吏部尚书、协办大学士受命为京师大学堂（今北京大学）首任管理学务大臣，尚强学会，兴办实业，拓民众言路，将“中学为体西学为用”“兼收并蓄”等思想实际运用到北大办学过程中，京师大学堂计划设10门主科、10门辅科，要求“总古今，包中外，该体用，贯精粗……”。当时，康有为、梁启超二人倾向于把中学和西学当作各由其特定学科组成的两种相互对立的学问体系，孙家鼐则认为，作为学问的普遍范畴，每一门学科无不是中西学术兼收并蓄。他写道："盖学问乃天下万世之公理。"根据孙家鼐的建议，京师大学堂的原始方案赋予理科的重要性不仅超过康有为和梁启超的设想，甚至可以说，与文科、政治和法科相比，占有压倒的地位。其种种主张，为北大后来的思想开了一脉源头静水。

乱世没有可以安享的晚年，是客观，也是孙校长一颗放不下的心使然。"七十悬车"，孙容卿不能享受这样的决绝高节，不得不继续驱车而行，直到八十多才潜蛰回乡，第二年便鹤鸣西去。可以想见，临去时的他，还有多少的不安与不甘！

乡关九龙绿柳荫，兄贤弟效状元临。
一联妙语论盛世，同龢绪帝救衰清。
文渊阁上图变法，武英殿前举维新。
中学为体西学用，强开民智通下情。
令如流水源头静，文理政法贯粗精。
革壅除弊澹谋定，兼收并蓄立燕京。
乱世不得悬车遇，八十始蛰孙容卿。
天地见怜仁者寿，日月可昭六安心。

感北大校长（二）·严复

（2015年6月5日）

严复（1854—1921），原名宗光，字又陵、几道，汉族，福建侯官县人，近代著名的翻译家、教育家，新法家代表人物。先在福建船政学堂学习驾驶，在建威、扬武二舰实习五年。后到英国皇家海军学院学习，与郭嵩焘成为忘年交。翻译了《天演论》、《原富》（《国富论》）、《原强》、《法意》等西方经典。

回国后，重实业、海事、教育、公学、法律、个体自由……并以此为强国强民之道，“三强”“三端”“三害”，均为其对具体时弊的恰当总结。而其翻译的“信、达、雅”（faithfulness、expressiveness、elegance“三斯”结尾）原则，成为翻译界的“三字经”。“物竞天择”四个字，便是对《天演论》达尔文进化论最“信、达、雅”的翻译。

在翻译的同时，重视开民智，与梁启超、汪康年同办《时务报》，参与开平矿务局工作，亦佐办女学公学，曾写《救亡决论》和《上光绪皇帝万言书》。

1912年，清廷国库虚空，浮游颓败，意欲撤销办了14年的京师大学堂，严复奋力尽挣，疾声力挽，最终保全了此学堂，并改称北京大学校，为1919年的五四爱国运动，惜护了星星之火。可惜他晚年卷入袁世凯复辟帝制的泥潭，为人诟病。

逝后葬于其家乡鳌头山东麓，寂寥山水。但其功过，实不可"曲终收拨当心划"，应一分为二！我辈后来人，若能很好吸取他的精神滋养，一枝枝新绿，必会发芽，慰其寿域，适安其灵！

闽山清清一梦遥，建威扬武旌旗招。
重洋浩瀚涉几道，欣学英伦识嵩泰。
物竞天择摧国老，击掌时务会启超。
三强三端除三害，垂贯三斯译笔毫。
勤宦北洋育海事，酬志无奈抛铜钞。
女学公学施明教，救亡决论万言矛。
力挽北大堂上傲，燎原五四爱国潮。
凭栏记取江东旧，何故复辟持残匏。
千秋功过任谁诋，风雨淋漓对寂寥。
曲终实难当心划，鳌头东麓绝尘嚣。
夜来小芽抽枝绿，且看春符待碧桃。

感玉簪怀良友

（2015 年 8 月 29 日）

草籽初黄夜初长，镇日思君痛难藏。
三千青愁如何系，玉人头上玉簪凉。
一抔黑土育高冢，希图年年绿满岗。
经暑燠热花尽放，会与英才诉衷肠。
秋风挂怀频吹落，根根玉簪敬墓旁。
明月友光同嘤鸟，也祭清辉也祭香。

今晨闻听北大顾理同学脑卒离去，内心中伤。其“一切都变得新鲜起来了，多好”的话，无论说给自己，还是说给国家，都深浸我心。后从其同班同学得知其秉性敢作敢为，温暖他人，愈嘉之！再看双秀公园的玉簪花，花意无限，欲表其心。秋风微过，零落下许多的玉簪花瓣。又想起坚除弊滞、踏实改革、积劳攻心、去岁驾鹤的邹碧华师兄，实想起鲁迅先生所言“埋头苦干拼命硬干”的那样的人，不就是他们吗？真想亲手给他们抔一高岗，植满青芽！年年能够祭上玉簪花香，祭上明月清光！

田 淡

田淡，原名田晖，CPA，CFP。北京大学社会学系学士，Loyola University 税学硕士。毕业后曾任 The Walt Disney Company 税务部高级会计师，Enron Corp. 税务部经理，Horizon Wind Energy 金融部高层经理。近年在一家金融咨询公司任合伙人，同时管理慈善基金。业余时间田淡喜欢爬山、收集艺术品、首饰设计、弹琴、写诗读诗、健身和旅游。

破阵子·北大早雪

（2013年11月13日）

1988年北京的第一场雪是10月30日，比往年都要早。同学们惊喜雀跃，相约去未名湖边打雪仗。现在看到当年的一張照片想起小伙伴们分散在世界各地，离多聚少，一时感叹。

初雪来时惊梦，秋霜诧遇凉冬。湖上柳条七九摆，岸边雪凳五六盅，衣衫藏雪球。

雁语无声欲舞，雪飘有意晨风。只为可览秋鸟影，哪怕消融落水亭，赠君初雪情。

破阵子·忆十渡

（2015年12月28日）

1987年夏天，我们去承德军训。一个月的摸爬滚打成为珍贵的经历。再是1988年秋天，我们班去京郊十渡秋游。念念不忘军训的几个同学提议我们都穿军装去。齐刷刷军装大学生乘火车去十渡旅游，至今仍然记得路上人们诧异的关注。

叶瘦秋浓桥弯，月半星明绿衫。村后鸟啼蛙不断，镜里山花青丝间，林青燕语喃。

海角天涯负念，京华北大同船。无奈明朝朝夕远，有意今天天地宽，山中便是仙。

玉 景

沈玉景，女，1986—1993 年北京大学经济管理系学士、硕士，1993—1998 年波士顿大学经济学博士。现与先生及三个子女定居美国东部。信奉真诚朴实的人生。

初始黑白永远是底

漫不经心开始远行，
偶然叉口组成轨迹，
过往人事或已淡去，
慢慢回味曾有点滴。

断线风筝滞留异地，
春来秋去已成风景，
起伏叠加自成一体，
初始黑白永远是底。

成 朴

王成朴，1990 年北京大学技术物理系核物理专业本科毕业，1998 年美国纽约石溪州立大学生物物理专业博士毕业。现居纽约。

河

一

不安地湍动着的河呵，你是要对太阳说些什么呢——

我看过北方的河，在巨大的山峰间，在巨大的云朵下，在巨大的峡谷中：只是那么一点儿涓涓细流
我看过南方的河：在一片热雨中眯起眼睛
我也见过梦中的河——是那么明的天的颜色

在朝阳下我看过河
在夕阳下我看过河
在雨后我看过河
在漆黑的子夜里我看不见河　　只能听听它的声音

何时才能将我渡送过那一边去呢？我问你，河

二

我一个人坐在河旁
像一片秋叶——璀璨、金黄
眼睛望着远处，久久地坐在那里
这小小的秋天，使我的心感到这样的旋转
在生与死，离与别，来与往中
感到哽咽
许多世纪来的游魂
那些美妙的神思，那些热情的希望
那些我们人性中的至圣、至神
不过像这些破碎的秋叶
消亡在无常历史的中，徒然给人以空然的希望
我觉得我已经说不出话
是一阵风把我唤醒，是几粒种子
落在了我无意地向前伸出着的手中
我抓住它们，凝视着，一下想到了我自己
歌声从四宇中响起来
秋的世界在眼前摇曳
热切的泉流亲吻着我的脸
是的，我感受到了身旁的河——在沉默中流淌着的力量了
万物在死亡的萧索中冲腾
追逐着完美的存在，不再是为了一层意义的贝壳

尽管将在这追寻中枯萎
仍将生命的河渲染得五彩缤纷
将死亡也溶入这生命的河
——是的，我虽落在这里
却不仅是一片秋叶
是的，当我明白了这一切，感受到痛苦的巨大拍击，像潮水一般地周而往复的时候
就再也不怕在死亡的夸耀中
随忘川而下了

三

每一条河都是我的老朋友
每一条新结识的河都在沉默中与我打着招呼
我洒我的泪在每一条将要离去的河中
而它们的眼泪撞击着它们的胸膛——这便是我的生命。

当我走进河水中的时候，我身体里的水简直是急切地想要加入那个行列
在春天刚解冻的河水旁我也欢呼雀跃地发出潺潺的声音
在酽酽的夏日阳光中我的心在树梢儿上高挂
我要飞过这条河，像雀儿一样

当秋天的冰冷的寓言使河水变得澄清的时候，

我把我所有的落叶都在它的面前打开，祈求它带走我所有的悲伤……

人呵，你不也在——你的生活和你的友谊中漂泊吗

河水欢乐地顷倾入大海，而你们却因想要永恒而沉默

只有在凛冽的冬天，河水只在黎明前的天际闪着光

我想河是永存的；虽然我正走在只有卵石的河滩上

河呵，我也常常想，你是一个小小的行列，因痛苦而欢歌，因欣喜而流泪，也

因苦闷彷徨而流得欢畅——你盛大的河床不常常是干涸的吗？

让人们去从那许多卵石中

去猜你梦中的浪花啊

四

我的生活沉默得像一条河，

我的感情冲撞得像一条河，

生活的不多的几次浪花——又落入了它的洪流

带了更多的向前去的力量；呵，河

我小的时候同学们管我叫“他没有父亲——他爹死了！”

然后是一段在冬风中跑着的历史
我以后的生活沉默得像一条真正的河
一条流向启明星的河，一条流向太阳的河

我携来的是高原的泥沙，我携着那里古远的记忆
我带来的是干旱，我带走的是水
不知是什么力量拖曳着我向前去，我并不需要海：在海中我仍将孤独地前行

从我的金黄色中打去一桶水吧……

我们是些沉默的寓言家；因为我们将茂盛，我们不能说；因为我们将凋零，我们也不能说
荫翳便是我们的存在，沉默便是我们的果实，我们的生命一年四季
我们是些寓言家，我们是片森林
我们是森林，我们是片寓言家——呵，这些河流的年轻的母亲

也许我会用我的一生去写一首诗：《河》
因为只有它赞颂过我这微茫的生命

五

北雁南飞双翅东西分上下
西水东流两岸南北隔春秋
就是这一条寒江，在我心中汩汩流淌

让财迷们得到珠宝，让野心家们得到权力，让暴君们得到血腥——的历史啊

——让我得到一点歌声吧

多少人我们想感谢，多少人我们想拥抱，多少人我们想亲吻
多少话儿是宿命的诉说
然而他们沉默的面孔匆匆地从我们面前流过
流过了，不过是站在河的岸上——挥挥手

大海呵，你不也是——一条盛大的河嘛

使那踯躅不前的，是谁呢
使心这么沉静的，是什么呢
那波涛再也不去追逐它的同伴，它的方向和它的跳跃了

没有交往的歌声在我灵魂中的山谷里回荡着，汲走了它生命的一切活力与热情

我的心儿，对着空空蒙蒙的烟雨，做着它渴望的表示

而你蜿蜒无尽的歌声，在我的夜幕里，找到新的源泉了

河呵，你这浑浊的一滴，使我明白这“生”的序列的伟大和无限了

六

昨天的傍晚，我还在运河中嬉水

我的肢体累了，仍然不肯离去

它匆匆地流过我的身旁，像是一个好朋友一般——挥了挥手，没有说出要说的一句话，便离去了

波光的吻，浸入了我的肌肤，使我全身异常明洁

它奔涌着，它冲撞着，它在夕阳下闪着光；穹形的向上拱起的水面，哗哗地滑过两岸的白杨绿柳

而此时校园里那个青山环抱中的湖①

早已绿得像一汪鸡蛋清了

深秋的寒意使河水缄言，也使我严肃；沉默在沉思间歌唱着，河水清澈异常

冬风在远处的地平线上咆哮，草木笔立，夕阳正向金色的山脉慢慢落下

---

① “校园里那个青山环抱中的湖”指北大的未名湖。

它看着我，它匆匆流过

——我懂了，它是在用养育海燕的爱情，来对待我；我伸展开我的两条上臂

题 《浮士德》

有一个灵魂可真是痛苦

有一种梦想可真是痛苦

有一份真诚可真是痛苦

做人可真是痛苦，特别是在内心里崇尚着一种人，在现实生活里却要学做另一种人

学着说假话，学着阴柔的谋略；学着不动声色地取得一切好处，学着不费力气地脱掉一切干系；学着迎合别人的专横；学着欺辱其他的弱者；学会人与人的一切与一切

学着像变色龙那样地保护自己，学着用物质去估价灵魂；学着出卖良心，学着交些互相有益的朋友；学着满足肉体的欲望，学着在爱情面前谈情说爱；学着摧残一切幼稚，学着诽谤一切真实

最幸福的莫过于把我那灵魂抵押给魔鬼

但我恐怕我那可怜的灵魂太贵了——没有一个魔鬼肯出价

丹 凝

王丹凝，女，汉族，北京人。1986 年北京二中文科班毕业后考入北京大学社会学系。1990 年毕业获学士学位，1991 年赴美入读纽约市立大学人类学系，后获博士学位，先后任教于两所美国大学人类学系。2007 年随家人来港工作，任职香港中文大学人类学系至今。从 2012 年起出任海外华人妇女研究会主席，研究以家庭性别、中国文化、城市、商业为主。与先生育有一女，业余喜好阅读、音乐、烹饪、宅。

苏幕遮·晨起

——和杨飙《晨光中的克林顿河》

天色灰，雾低坠。
多少雀儿，依旧巢中睡。
海面微风波荡漾，
千帆靠岸，悄然待晨晖。

不夜城，奢华褪。
竞技角逐，虚幻总有尽。
潮起潮落今又是，
磐石如铁，哪惧恶声毁。

破阵子·童年

晓月西沉寂静，
榴花朝露新凝。
屋瓦檐间呢喃燕，
葡萄藤下落棋声。

谁家小院灯？

香椿嫩芽才剪，
槐花甜蜜充盈。
悠远声声鸽哨过，
暮雨轻轻滴到明。
还闻蟋蟀鸣。

轻声细语

（2015年10月14日）

仿佛细密的雨丝
春水般渗透土地
如同池塘中的涟漪
荡漾心田　催生活力
更似夏天阴雨的玻璃窗
滴滴滚落着的盼望
隔开雾锁的原野
撩拨躁动的心灵

轻声细语
寓言，符号，象征，比喻
从不直白
更无吵闹
润物无声　绵长悠远

长久的滋养
总会破茧而出
花开绽放

马耳他

（2015 年 10 月 29 日）

俊美朗逸的轮廓
将洁白的大理石变得
温润
颀长的腿　宽阔的胸
手臂挽起　看见血管
跳动

平底的盘里
一团搅在一起的
鸡蛋面
裹住猩红的番茄酱
上面一颗紫色的橄榄
和白雪似的奶酪粉

金色的石头城
在地中海的阳光下
闪闪发光
绿色的仙人掌
尖锐的刺直指空中

辽阔的田野　纵横着石墙
红白色的旗帜　飘扬在半空
蔚蓝的海水环抱着
三千年的城堡
马耳他
恬然寂静　亘古永恒

国 伟

王国伟，1968年出生，1990年毕业于北京大学地质系，1997年获吉林大学商学院经济学硕士。曾经和北大老师及同学创立地理信息系统的公司时空港，在香港上市。2005年创立铁池基金，开创国内电影基金的先河，后创立国影，致力于电影投资、制片、新媒体等业务。虽有诗人情怀，但鲜有诗歌作品。

西江月·中秋

碧水青山日暮，
空明月色生寒。
孤帆渐远逝天边，
满径红黄砌乱。

露重金风瑟瑟，
茶清水尽香残。
燃灯跪坐细参禅，
静寂梵音顿现。

时逢大暑

时逢大暑，天气骤变无常，感造物变化无穷，人生苦短，叹炎凉繁华之莫测。

骤雨骤歇日骤升，
黑云压城也须晴，
归鸟漫回霞光逝，
流萤轻舞晚风轻。
沉香袅袅仙境至，
肉桂涓涓禅意通，
云影松风会意处，
断鼓参详法华经。

一啄一声响

汪 浩

汪浩，笔名达哥。北京大学物理系本科和硕士毕业后，先后获麻省理工博士和哈佛大学公共管理硕士。曾任纽约州政府高级官员、埃森哲合伙人和大中华副总裁兼医疗卫生行业总经理；哥伦比亚大学、清华大学和纽约州立大学的兼职教授。常云：“北大教我做人，麻省理工教我做事，哈佛教我做官。”喜欢诗、词、俳句、自由体和散文，创立了湿瓷绘，以营造普通人写诗的平台。在文学方在侧重于对汉语俳句理论和写法的系统阐述。帮助北大1986级同学出版纪念入学三十周年的诗词集和散文集，争取以后每年出版一套。

满江红·石卡虎跳江远流

——经虎跳峡登石卡雪山咏志

（癸巳年正月十五）

大江东去，湍流急，日以夜继。
穿险峰，扫荡平川，志在万里。
激浪滔天推顽砾，暖山润水云崖碧。
虎莫急，待我劈石门，通天地！

江源曲，雪来继；苍穹寂，云为幂。
籁音静，粉碎炎凉戾气。
古道茶馨香马蹄，杜鹃花盛寒山立。
看千古，气正枯朽摧，鬼神泣。

咏　莲

（2015年8月8日）

我原是一颗莲子，静藏湖底
羡慕那翱翔的鱼，随心所欲
向往水中的光明，来时晶莹，去时安逸

没有鱼的翅膀，光明邀我升起
破壳而出，告别了温柔的泥
节节莲藕，不折不曲，离开平地

向上求索，遍尝波浪的惊喜
驯服了空气，学会了构筑天梯
与水草擦肩而过，迈向那明光迤逦

一日破水而出，一切充满新意
鱼儿为我歌唱，生活里多了点点蜻蜓
知道了那青蛙，蹿越湖水，到了哪里

认识了风，它淡淡的音乐，轻轻的涟漪
认识了雨，原来是天上的云，回归湖里

认识了鸟，原来是挣脱了水的鱼
晶莹是太阳，安逸是月亮，世界如此神奇
撑起绿色的帆，抛锚水面，与光融为一体
献上灿烂的心，为自然开放，与百花共礼

傍晚我满足地合上，含苞走进人间梦里
星光旖旎，蝉声四起
亲爱的月亮你知道吗
我原是一颗莲子，静藏湖底

咏 萤

（2015 年 7 月 25 日）

静修近三秋，
孕育细无声。
一朝灵犀点，
满林熠熠风。
烨烨琉璃影，
炯炯玲珑心。
都为爱人故，
燃尽自由身。

妻

（2015年9月18日）

恋爱的时候不会写
她的温柔　　笑上我的心头
一句也没写下

初婚的时候不会写
她的甜蜜　　融化我的舌头
一句也没写下

怀孕的时候不会写
她的欣喜　　留在我们床头
一句也没写下

育儿的时候不会写
她的欢乐　　汗在她的额头
一句也没写下

后来我终于会写了
她的白发　　泪在我眼里头
一句也写不下

八声甘州·秋临波士顿

（2015年9月22日）

波士顿小巧而伟大。两百多年前掀起反殖民运动，最终引起美国独立战争，使得美国从英帝国独立出来，建立了现代民主国家。美国人爱称波士顿为“豆城”。豆城不光有世界最好的学府——哈佛和麻省理工，也有美国最好的职业球队——红袜、凯尔特人、爱国者。市内新堡街红楼座座，游人多多，别有风味。豆城是杭州的姊妹城市。2010年波士顿成为世界上75座最创新城市中的第一名。笔者在波士顿受过教育，深感此地人杰地灵，永远向上，故填词纪念。

对秋风不乱楼如镜，神隐镜中楼。
碧湖随风皱，鹅鸭船过，金榆淡柳 。
豆城砖红壁褐，秋冷菊不收。
由簇簇闲人，任意玩游。

泊船西洋直向，泛舟查尔斯，一脉清流。
凝神为天下，潜心竞自由。
从不因、风悲物喜；为石破、水潺潺不休。
街灯亮，月明如钩，不动闲愁。

苏幕遮·曼哈顿

（2015年9月 18日）

说纽约是世界中心，一点也不过。记得在准备迎接新加坡使团时，我研究发现纽约人共说800种语言。纽约经理全球四成金融，又是联合国总部，为世界万象定下脉搏。故作此诗以和雪梅与光照。

楼为镜，人成河，蔻影叠错，脉动车连车。
万千广厦擎天立，更上层楼，峰比众山多。
环球事，尽腾挪，八百语和，五洲汇帝国。
一叶曼岛凭洋坐，流水行云，总把光阴迫。

垂 钓

——俳句八首

（2015年9月25日）

在写一本名叫《一啄一声响》的俳句，就用我写的和译的八个俳句编这一首诗。也在探索俳句的格式，所以就用了16字令，比日本人17字少一字。其实本来可以更少。

晨，吹来了一个纸袋　保持着，酒瓶的形状
车，撞在路边的树上　被围上，黄色的封条
伞，零落在车的旁边　盛着些，昨夜的雨水
木，漂回到湖边树下　前一天，曾被扔很远
鹰，猎过泛黑的湖面　勾画出，长长的弧线
石，在玛瑙色的水底　箭一样，有鲦鱼在游
风，在林中弱得可怜　探探头，山那边吹去
静，两条钓线在水中　父与子，一声也不发

红罂粟与玫瑰

（2015年9月12日）

在伦敦了解到，第一次世界大战以后英国和欧美国家开始用红罂粟来表达对牺牲将士的悼念。有感而作。

从来我都在崇拜你　总是那么层叠富裕
总是温和凝柔含蓄　总是红得那么艳遇

玫瑰啊你天生丽质　我心疼得五体投地
你赢得姑娘的芳心　我祝你们爱心永继

我也红却红得简单　我粗心从不知隐含
我开放却容易折断　我没刺来呵护花瓣

但若豺狼接近天际　我和战友满山遍地
只有一个共同心意　死也保护姑娘和你

我们粗放不知痛苦　我们勇敢昂首阔步
一旦我们失去自己　瓣瓣热血染红山谷

我们都会化作幸福　请姑娘携你来漫步
再请你留意这泥土　香里含有我红罂粟

诗是心灵的窗户①

（2015 年 9 月 27 日）

诗是心灵的窗户　写诗先得要勇敢
弱者不表达宣泄　给人看更要勇敢
心灵敏感会受伤　伤害本可能无意
但是必然的伤害　总是与人性有关

每个人都有面具　戴久了很难撕下
面具本来有道理　为什么非要撕下
人距离要到好处　太远不能来谈诗
太近使你我伤心　面具为我们护心

嚼到头诗不是诗　诗原是诗人本人
诗本不是字和词　是煮掉字后的意
意要勾起人呼应　意要从人传到人
所以才要字和词　美的字词传得远

诗人和看戏一样　总得要找个角度

---

① 这是温瓷绘群规的一部分。

看戏和吃饭一样　是吃到自己肚里
雅俗是一种选择　空寂是一种觉悟
香艳是一种交流　原谅是一种境界

诗人应该有多种　有写爱的有写悟
有的虽然不用字　行为举止却像诗
六祖慧能是个例　父母儿女也是例
分享不是为说服　是互相打开窗户

宽容是一种追求　是一辈子的追求
是一辈子的开拓　因为每一次宽容
是对自己的挑战　是对自己的克制
唯有空山不见人　方闻飞鸟戏涧声

（待续）

莺啼序·咏梅

（2015年10月1日）

梅花有志，冬春之际，不畏寒冷，把世界转换。做人若斯，其不善哉？

残寒暗袭层林，致枝凉叶毁。
慑冬威、南雁不归，
梨花不度江北。
怎生料、冰消河畔，
玲珑绽放一枝梅。
把春催，枝擎清香，泽润朝晖。

开放时刻，蕊寒萼瘦，
仍奋发成蔚。
弄疏影、生机顿现，
缕缕香凝冰蜕。
最风流、迎寒料峭，
笑天下、尽被冬累。
月凉时，落梅伴雪，为夜添魅。

节节劲骨，毅然而立，
致远而不媚。
看世界、万千花卉，艳丽牡丹，
妖娆水仙，择佳时荟。
唯有寒梅，艰难时刻，
苞藏无限凌云志，
顶挫折、不为寒而退。

英姿落落，优雅聚散随风，
笑谈泥香尘碎。

清淡素影，暗蕴天音，谏芸芸吾辈。
劝君莫被桃李累，不求繁华，
傲立乾坤，情通万类。
孤独不侵，市井不浸，
皓体棱嶒皆正气，
暗香浓、统领百花瑰。
美哉天赐精神，秀骨清风，把山河缀。

给东东的诗

（2015年10月2日）

你的声音
翠波涟漪
读你的诗想让你坚强
听你读诗又觉得我多虑

我马上

要登机
听不到我再赞
是因为我在天上着急

我在飞
我的坐骑
穿着蓝天白云的裙
在飘逸

背朝着
北方的秋寂
面向南方
去看佛州的鳄鱼
想写诗
颗颗粒粒
随着长裙
飘落天地

化作风
飞到中国
敲开你的门
对你作揖

化成雨
稀释女孩子的泪
让她喘口气
欣赏飞来的空气

化成木
淡泊在未名湖畔
催眠在
你的声音里

秋　日

（2015 年 10 月 15 日）

院里的落叶迷了路
遇到了陌生的草
相互怜悯
草在问是谁带来温暖
阳光还是落叶

匆匆过路的鹿的一家

前脚后脚
比往常少了章法
火鸡的步伐
却多了些铿锵

失去了候鸟的啾唱
潺潺小溪已哽咽数日
冷落的树叶
蜷缩在水面上
秋天的短促堪比夕阳

绿叶已是遥远的故乡
火红的枫树漫山遍野
来不及舔干
接踵而来的伤
消逝的是枫叶的离殇

冷寂的烦恼
掩盖了毛茸茸的池塘
方盒甲鱼被逼到路上
偶尔把松子挤到一旁
蜘蛛小心翼翼地踮起脚掌

路过的车茫然转动
不小心打开的雨刷
又被关上
远处传来几声喇叭
秋风中格外凄凉

人间何处不重阳

（2015 年 10 月 21 日）

重阳随感。山露即 Mountain Dew。

秋凉慢添裳，枫叶红且黄。
东西风景异，美中两重阳。
纽约无菊赏，弯月笑花盲。
樱桃代茱萸，山露当新酿。
青瓷托果瓤，白米捧清汤。
不斟黄花酒，茶淡亦飘香。
心静辅三秋，还把寒冬降。
神怡定五洋，时囧需远望。
世事多跌宕，风物放眼量。
无处不登高，气正藐沧桑。

王　琳

王琳，降生于北京冬天有阳光的时辰，开蒙在文天祥种下一枣一槐的庭院。

在别称槐园的学堂长大成人，决定安身立命于理工，让深爱的人文成为永不背叛自己的后花园。

告别北大的夏天去了能去的最远的地方，有像海的湖和只能看落日的海。

为做过的三个公司起名如下：绿阳（看起来更凉快）、百川飞虹、食养天下。最终把身心放在还可以读书、跳舞、肆意欢笑，并且随时可以去看未名湖的地方，时不时跑开去看看世界可好。

有幸来世上一遭，可以听故事，讲故事，也可以活成故事。在每一天的新奇中，将浪漫进行到底。

并不会写诗，争取活成一首诗吧，反正诗是自由的。

所有穿裙子的季节都是最好的季节

（2015年10月2日）

开始喜欢自己的名字
当我把最后一笔写成裙摆
相逢的季节
裙子在湖畔盛开

街灯总在某一刻淡出
柏树的墙通往不知尽头的路
裙裾铺满银杏
和日记再也装不下的踌躇

冰总是结得很慢
当音乐和灯光追不上青春的旋转
与你擦肩而过
在第一个穿裙子的冬天

所有穿裙子的季节
都是最好的季节

我们什么时候害怕

（2015 年 10 月 3 日）

曾经的庭院的彻夜的第一场雪
不忍心走出打开的门
害怕匆忙的脚步
敲醒最初的纯真

你说的你信的我们的完美剧本
没勇气投入自己的戏
害怕诚实的诺言
缺少现世的依据

远方的熟悉的意外的未接音讯
禁不住悬起心中的疑
害怕世事的无常
偷走最后的珍惜

在意了，害怕失去你
在乎了，更怕你失去

王 强

王强，男，汉族，1967 年生于黑龙江虎林，祖籍安徽桐城。1986 年 9 月至 1990 年 7 月就读于北京大学数学系，获理学学士学位。后辗转于京城多处，从硕士、博士到博士后，一路奔逐，又于 2007 年 1 月至 2008 年 7 月以访问学者之名潜抵德国慕尼黑工业大学。现安守于北京某研究院，一边从事科研，一边教书育人。业余偶拾旧梦，涂弄诗文，不为成器，聊抒胸臆。

别

没有人教我
如何承接风的出现
好似一粒银杏果欲言又止的奇迹

我以一束花的心情
写一首无题
悄悄把最后一行预留下来

我因此而写得很慢很慢
害怕很快面对结句
像海岩在等一场灭顶的潮汐

那些不安的阳光知晓
我多少次中途又跳回到首行
如同抓紧摇篮对抗长大的孩子

没有人告诉我
如何将行囊
从一个地方挪到另一个地方
可为什么我的心里
落满星星的碎片
我的手张开就再无力抽回

错 过

我可以在十次梦里错过
像一枚朴素的邮票
未能盖上圣诞的戳

我可以在一百次回望里错过
像一片飘飞的枫叶
未能闻到早春的花香

我可以在一千次呼唤里错过
像一间遍布蛛丝的老屋
未能环绕满庭的绿萝

我可以在一万个云淡风轻的日子里错过
像一面摇摇摆摆的筝
未能留住雨后的虹

然而
然而我不愿
错过这个傍晚
一缕月光透过了密封的窗

飘落的叶子

面对一夜秋风
你让我如何了无牵挂地坠下
将枯萎的果实
独自抛在苍白的枝头

从此
再也没有借口
出入于每一个清晨和夜晚
透过露珠祈祷
披着星辉筑梦
以一棵橡树粗糙的方式
悄然
追寻你

这是你恩赐我的远行
只有疼痛的光阴和这一夜秋风
不离不弃

熊 挺

熊挺，出生于“文化大革命”时期的北京，在黄河河套地区度过童年。

20世纪80年代后期在北京大学接受了四年理科学习训练，毕业取得物理学学士学位。在此期间开始诗歌写作。

90年代中期赴美国留学，取得理论物理学硕士后即进入半导体行业从事技术工作。此后，在美国取得MBA学位后转入技术与市场管理工作。现为高科技公司职业经理人。

30岁后居无定所，常年公务旅行于美、欧、亚洲之间。

努力克服现实生活中的种种矛盾，坚持写作，视诗歌为自己人生的理想。

沉　睡

（2012年12月8日至2013年1月20日；
深圳—上海—Santa Clara）

不止一次地，我凝视你熟睡的面容
就像，审视自己和人类的存在
时间流向你，又静静地绕开你
你的梦境是无数宇宙平行的漂浮

你带来了久远之前的故乡和理想
它多么奇妙：越久，它就越鲜明
流浪者的心中，一定有过死神的灵位
写下了：最初的约定，最后的结局

愿你不再伤心，但不要就此离去
我辗转难眠是因为你白昼的降临
深夜北飞，一路无言，但是我
为什么我会背过身去，却想一诉衷肠？

熟睡吧，让此刻的宁静告诉我
分离并不可怕：它只是必然的路程

在你身体的内部，我看见北方
疾风，夜空，夜空背后星座的运行

独唱十四行诗

——给东

（2012年11月16日）

我曾独自等待你的声音降临
像掠过大地的北风一样
盛开，激烈，奔放不羁
我等了多年，变得苍老而无助

我将不得不独自放声歌唱
我的言辞突兀，孤立，不堪
但没关系，只要你可以听见
并沉默地探索，进入一颗心脏

为了什么，值得这样活下去
让岁月把内心侵蚀成一口深井
它活着，变成黑暗中的源头

为了什么我在自己的歌声里等待
或者，一直在等待中孤独地写诗
让大风带给你无穷无尽的呼吸

我离开大雪中的斯德哥尔摩

（2010 年 11 月）

我离开大雪中的斯德哥尔摩
像个早早上路的赶集人
黑暗中的城市有着沉重的心脏
它在帝国的中心微微喘息

我多想你。这个世俗的念头让我
一直盯着远方想象中的地平线
你一定坐在那里冰冷的钟楼上
左右着时间和命运的流动不息

……太累了，也太长久，这切开内心的刀子
我抚摸过的你的灵魂。不经意间
回忆到的只是森林和上方的天空

你给过我一切，我给过你更多的一切

而远方依旧遥远，比未来还要遥远
只有身边的世界在纠缠，在挣脱
就像挣脱这大雪中的斯德哥尔摩
离开今生今夜，穿过大地和岁月与你相会

肖　像

（2001 年）

从什么时候，你已习惯了在孤独和思念中对一个从不存在的人讲话？——王家新

你的背后是广大冬天晴朗的天空
高贵。尊严。神秘的轻蔑若隐若现
你的深邃的美丽给我刺伤的快感
身在他乡，写下另一曲天鹅的悲歌

我不想再梦见你，你低声的话语
苏醒的眼睛里溢出了愿望的雪

这是最后的寒冷和最早的幸福
鸽子带着信仰飞离钟声响起的尖塔

但你的年轻依然不期而至，占据了
我的内部。阳光闪闪，让我羞愧
近处，有战栗、树林、广阔的河
远方是爱情、生和死的风景，永远

面对梦中的肖像我日复一日徒劳地活着
一棵孤单的树在悬崖上眺望着大海
偶然的风，偶然的向往一次次掠过
耗尽了，沉默的诺言和奢侈的想象

九春天，九梦想

（1991—1995 年）

一

在即将融化的冰上
一只鸟雀的尸体也在解冻
烧荒的火漫过河岸
冬眠的蛙穴　放荡的蛇

从寒风中幸存下来的灌木丛
一切在贫瘠的土地上再生
生命的重负重又来临
一棵被春雷劈裂的老树
伸出残肢　凝目远空

二

道路　仍和封山时一样
总是不知道自己的去向
祈祷中的干枯嘴唇
绕过村庄　更远离城市
朝灵魂的光走去
摇摇晃晃　在废弃的边缘
在原野升起的地方
黄昏缓缓向四周弥散
切断了　过去与未来

三

张开双翅在风中
故乡一掠而过
除了空气　雨和阳光

我还能感到一种崇高的孤独
努力　接近天顶的国度
而我已满足于此
即使双眼紧闭
也能触及太阳的光明
遍布四周　充满永恒

四

春天　受伤的月亮
和我同时复活
像是树丛腹部的一盏油灯
一面银镜　一束清澈的声音
春天　受伤的月亮的光线
穿过未来　注视着
久远之前我的面容
复活。复活。复活
春天是一只复活的月亮

五

我即将动身出发
天鹅的梦境。丽达　海伦

在诗歌的照耀下不朽
我即将渡过湍急的河流
暗色的水折断的箭杆
“前进，后退，转弯
但最后总是到达”
我即将深入人迹稠密的内陆
或者相反　滑进荒海中央

六

逾越中午的困惑
是周围尘世的混乱
何人何日何地何事
才能通晓生活的意义？
干燥的风带着沙土
吹过的太阳总是厌倦
未熟的果实闪闪发光
落下血液　一声呼啸
惊醒　我和一个姑娘的梦

七

怀念神的王国

你居住的大块岩石
黄金锻造的太阳光饰
永远的庙宇遗迹
怀念手中你的玫瑰文身
双眼低垂　短剑低垂
流水向天空倾斜
我吹响一支骨制的短笛
告别一生中唯一的欢乐

八

播种雨水　收获岩石
在孤独之中重又度过一年
但沉思的光辉　已浸透了
身边平淡无奇的事物
心中的愿望比手中的火把
更加灿烂。照亮了道路
却把自己一点点耗尽
就像这河水　河水远去
就像再也回不到美好的今天

九

他们说，人性有一只眼睛
从人类黑暗的内部窥视
使谎言战栗　正义放光
而今生今世的面具
却一直在每个角落游荡
春天与梦想　走近与离去
我们依靠什么指引方向？
终有一天　当我们俯瞰人间
我们将认出留下的痕迹　和我们自己

光　照

徐光照，男，汉族，籍贯江西。1990年北京大学物理学本科毕业，1993年获得复旦大学物理硕士学位。1994年赴美留学，定居纽约至今。2000年获纽约大学博士学位。现于华尔街从事金融。喜好诗歌，尤喜古体诗词。近年开始习作，偶有所得，少有佳作，意在以作促学，体会诗词中妙不可言的意境之美，与诗友知音共享互勉。

江城子·清明

清明寒雨总关愁。来无由，去难休。
雁过千山，流落几轮秋。
往日书生今白首，天涯路，几回头。

漂泊万里一孤舟。越洋州，异乡留。
犹记当年，初见燕巢修。
来时他乡成故土，花满树，笑盈楼。

棋　亭

人缺月独圆，
亭寒棋自闲。
残局添手坐，
松叶落阶前。

重　阳

霜冻菊黄又重阳，
村山荒草月孤凉。
寄言兄长烧祭日，
家父坟头遍插香。

如梦令·送儿

常记稚音娇宠，
一日远离堪送？
但问早行人，
却道睡香无梦。
尤恐，尤恐，
此去路滑霜重。

印　象

我也不记得
是哪儿迷失的了
在蝴蝶的闪忽间
还是蜘蛛的叹息后

也许，是西窗的夜风
让猫不经意地转头
或者，古老的宣纸
把心情无端吹皱

是雪山，是大海
南归的飞雁
还是秋池的色彩

哦，是了
一定是那座
无人走过的石桥
和朗月星空下
长裙飘划过的露草

秋江晚照

高阁临水眺，
向晚对秋浓。
几叶轻帆远，
一江落日红。

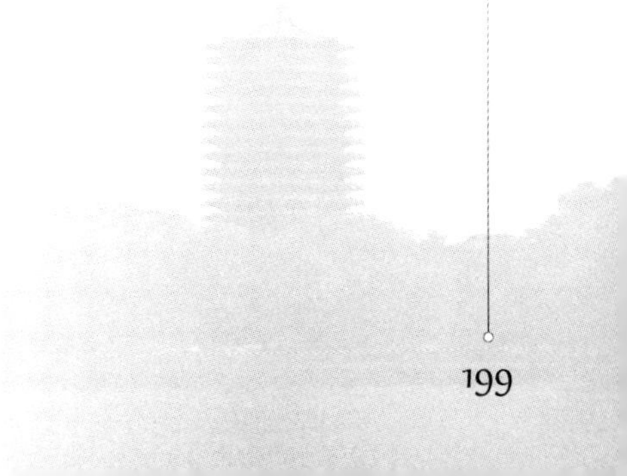

桥头新月影，
船岸旧涛声。
伫久生凉意，
闻笛夜入风。

红　叶

秋尽南山万木寒，
寻幽踏叶见湖蓝。
依稀梦里红衣女，
一叶飘来落袖衫。

城南记忆

记小城南住，
门前绿水流。
入江梅子雨，
出雾桂鱼舟。
新市甜瓜透，
肥田荠菜油。
乡音无处觅，
独抿半壶愁。

秋　分

天高雁去声回久，
山鹿无约随步悠。
叶落空枝霜渐冷，
木桥池影两相留。

偶听出塞曲

梦里依稀出塞歌，
汉室一剑百年磨。
三军无力驱鞑虏，
公主屈情化干戈。
大漠胡天风四起，
深宫南院步轻挪。
可怜塞外青青冢，
千载幽幽月照河。

浪淘沙·归期

缺月挂天边，清夜难眠。归期日近总心玄。
只恐别来长盼见，相见无言。

浅睡梦尤甜，唇角眉间。孤灯对影半钩帘。
年少情猜一笑过，淡对樽前。

南乡子·大雪

乍冷雾湿衣，云动风催暮色急。
渐晚路街行迹少，寒袭，炉暖人归院落稀。

一夜朔风疾，早起开门雪半膝。
喊女唤儿原上戏，一齐，滚雪堆人蜡作鼻。

纽约证交所

（一）

巍峨大厦斗牛熊，
诡诈风云主险凶。
钱进钱出跌涨里，
人哭人笑往来中。
门前歌醉东河水，
身后灵赎上帝钟。
游戏人生真血本，
一朝梦醒尽归空。

（二）

牛熊大战气隆隆，
扑朔迷离雾影重。
才涨又跌分秒里，
左抛右进万千宗。
本来胜负非高下，
不必输赢记辱荣。
明日脱将红马甲，
也随游客步从容。

小重山·戏宴

一夜欢歌笑语浓。凭说相见晚，似曾逢。新词旧曲意玲珑。轻舞起，绿袖掩颊红。

摆酒牡丹丛。向宾朋满座，饮长盅。人生聚散太匆匆。今朝醉，明日任西东。

长相思

小泥炉，腊梅壶，酒热身轻不胜扶。低声问醉无。
老汤出，细羊熟，余味留唇人远途。今夕长忆初。

杨　飙

杨飙，女，1986年考入北大地质系，1994年赴美，定居在美国密其根州。曾从事软件工作多年，目前在家相夫教子之余，也为社区妇女儿童的公益活动尽心尽力。离国愈久，乡情愈浓，禁不住试着用诗词来表达内心深处的情感。

秋日感怀

（2013年10月）

2013年夏天全家回国省亲，阔别二十载，家乡的变化令人惊诧。时尚的气息，年青一代的朝气蓬勃，这样的势不可挡。用旧日的碎片和缥缈的梦想拼凑起来的精神支柱又是这样的摇摇欲坠。于国于家，自己都已被当作局外人，可那里的一切仍与自己血脉相连，悲喜相通。回美后，时逢秋日，百感交集，遂成此诗。

一场秋雨一层凉，
叶落枫红雁成行。
壮士旧梦未敢忘，
离人如何不思乡。
明月皎皎映满窗，
遥遥银河夜未央。
隔山越洋常回望，
犹自网上说短长。

金百合

（2015年6月）

几年前买的花，因为名字是asian lilly，有一股说不出的东方风味，我叫它“金百合”。开得越来越茂盛，时见蓝鸟blue jay在其间飞来飞去，故成此诗。

小城入长夏，
百草绕屋生。
金盏朵朵媚，
不辱吉祥名。
蓝鸟无乡音，
花含故园情。
独坐微风来，
小茗暗香轻。

苏幕遮·晨光中的克林顿河

晨光微，果儿美，几抹红颜，秋色何人绘。
垂钓桥边轻风吹。世间静好，野鸭依然睡。

叹韶华，人不悔，往事难追，白发也添媚，
花落花开又一岁，情如流水，烦事无所谓。

浩　宇

杨浩宇，北大物理系 1986 级。

破阵子

匆匆少年白发，
回乡岂是到家。
青春无向镜中觅，
将诗将酒祭落花。
松下看烟霞。

可寄此心尘刹？
热肠何处牵挂。
只为此情千劫去，
与卿与剑共天涯。
六道且由它。

过明月湾范蠡祠

峰回路转见古村，
明月湾头遇财神。
苍苔岁侵石阶老，

细雨时晴枇杷新。
不羡陶朱富天下，
只爱蠡公有美人。
五湖乾坤一帆尽，
行者从此洗风尘。

人到中年

人过四十事事忙，
惭愧终日为稻粮。
幸入桃源遇知己，
词咏今古结华章。
昆仑云凝万仞雪，
青州根老百年香。
遥请弘一兼陶令，
春满花枝月满江。

遥寄杜牧之尘世难逢开口笑

三月初闻同声气，
八月重读复沉吟。
缘起缘灭聚散事，
雁去雁来今古心。
虽了无常而无惑，
谁令烦恼缠此身。
莫道无月无菊酒，
十字街头且看云。

破阵子·过京师

有三两真朋友，
来几斤二锅头。
近来谁解杯中趣，
富贵功名梦里求。
孜孜何时休。

楼外青山还在，
霾里几多新愁。
我自将心寄沧海，
何意阴沟泛小舟。
天地一蜉蝣。

无关大暑

今夕是何夕，
他生共此生。
故园路漫漫，
新冢草葱葱。
遍尝百味苦，
始得一钵空。
相思难舍处，
春山几十重。

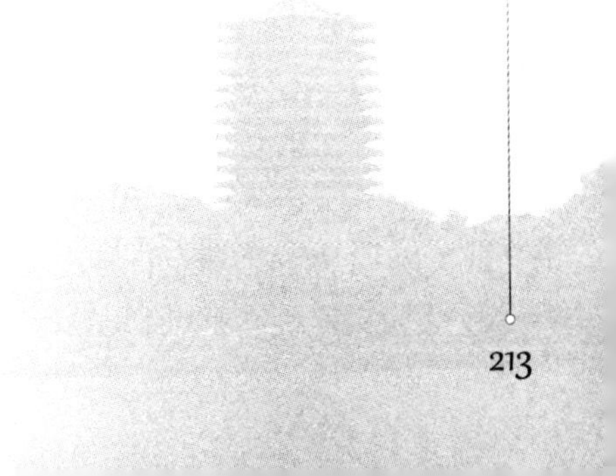

中秋偈

去佛日远，红尘浮沉。焚香浴己，暂息狂心。

吾面似驴面，
吾心似秋月。
云门传法鼓，
梵音入良夜。
足下踏毗卢，
口袋装五岳。
三千烦恼丝，
一夕全抛却。

武夷岩韵①

三坑两涧正山岩，
气自天成味自甘。
齿间萦萦荡茶韵，

① 石乳岩茶的一种，滋味尤胜大红袍。

舌底淙淙涌清泉。
朱子行处觅真趣，
不问禅师问青山。
石乳当酒能醉客，
不辞更作武夷仙。

晓　峰

杨晓峰，男，北京大学中文系文学学士，江苏南通籍诗人。文学作品散见于《南方文学》及《新华日报》《南通日报》《江海晚报》等副刊；经济类论文在省级以上报纸杂志发表一百多篇。现供职于南通市政府机关，为国际科学研究院终身客座教授、南通大学兼职研究员、南通市经济学会理事、南通市作家协会会员。

垂　钓

（2015年5月14日）

屏住呼吸
聆听你越来越近的心跳
我的等待
一往情深

那些渴望总是很美
无论是你
还是我
即便耗尽激情
也不曾放弃

但我仍然温柔地等
阳光灿烂
或者雨雪纷飞
你圆润的弧线
忽远忽近

这是攻防的完美转换
无关成败

你饱尝了过程

而我领略了逍遥

野 渡

（2011 年 7 月 9 日）

“春潮带雨晚来急，野渡无人舟自横。”——韦应物

无人的时候

野渡

相对于舟

总有些冷清

水温柔地抚过

那些渴望

忽隐忽现

其实

相对于野渡

舟的出现

已不再孤寂

拥着不期而遇的愉悦

喜出望外
只有风雨交加的时刻
平衡此消彼长
舟挤着渡
渡缠着舟
带一点惊恐
带一点刺激
呼啸着，狂野着
情不自禁

更多的时候
野渡无人
风平浪静
远山衔着落日
两岸莺飞草长
舟，极其忘情地自横
贪婪享受自由

杜甫草堂

（2006 年 12 月 6 日）

在秋的深处谒见
一叶叶诗
扑面飘来

我隐约看见杜甫
离愁
把微驼的背影拉得很长

茅屋破得很惨么
想象你忧伤的样子　还有
房前屋后的种诗

三百棵竹子
三百首诗
清瘦而孤傲
霜寒中从容地拔节

秋风过处

竹叶沙沙
我知道
那是杜甫的吟唱

乌　镇

（2005年11月12日）

给我一支橹篙吧
让我进入你的内心
沐浴尘封千年的古风

或者，一把油纸伞也行
雨水敲打青石板的平仄声
让我遇见采桑的女子

干脆，什么也没有
独坐在林家铺子一隅
飘香的菊花茶　引我
寻找茅盾的眼睛

山楂树之恋

（2010 年 11 月 9 日）

不忍回忆与你一起的往事
就像哀伤的童话
不愿再见森林的残雪
习惯孤独的我
无法躲避你纯净的目光
只因一树淡淡的花香
远去了
你的模样
我的断肠

怎能忘记与你一起的往事
就像泛黄的相片
不时刺痛我的思量
弯弯的小河青青的山岗
伴我刻骨铭心的欢畅
只因一树淡淡的花香
靠近了
你的灿烂

我的怒放
春去春来
花开花谢
美丽的承诺如风飘过
触摸你
无比深情的呼唤
仿佛咫尺
又在天涯

等你一辈子的人走了　走了
你，还在等谁

九寨沟

（2007 年 11 月 6 日）

穿过温情的阳光
水面被一页一页翻开
润如带有体温的翡翠
那种由内而外的美
让人心痛

被层林染过的水
艳丽而妩媚
没有鱼的呼吸
寂寞得只剩下倾城
婉约的眼神
与生俱来
从此
我的想象无比丰满

树静静地睡在水底
千年以后
我看见
她的心跳在开花
梦的芽
探出水面
像不经世事的山歌
一尘不染

风掠过
水抖落了所有的心事
出落成轻盈的线条

羞涩

且

亭亭

叶　子

叶子，原名叶玲，出生于长江岸边的山城重庆，童年的记忆里有薄雾中高低错落的民居，轮渡过江之后长长的鹅卵石路，还有夏夜乘凉时父亲眉飞色舞讲起的三国故事。20世纪80年代后期，有缘求学于北大社会学系，在未名湖边的湖光塔影之间，经历了一个缤纷多彩的时代。大学毕业后经历了几年的迷茫，后来到大洋彼岸，求学于大湖之畔的风城芝加哥。岁月流逝，海归数年之后再度归海，从业于金融领域。多年疏于笔耕，重新拾笔，颇有一分重逢的惶惑与熟悉，更有一分格外的惊喜！用心灵去感知大自然的声音和色彩，去欣赏大街转角处的风景。感恩身边一切的美好。

思　念

（2015年11月6日）

早春的晨露间
你藏身在远处的篱笆
种子，悄悄地发芽
浅绿的雨珠
从屋檐滑落
嘀嗒　嘀嗒

盛夏的午后
你带来一路的明亮
花朵，任性的绽放
橙色的光影
在涟漪里荡漾
温暖　安详

深秋的黄昏
你在风中徜徉
枫叶，从容的盛装
紫色的影子

踏踩在脚下
斑驳　惆怅

冬日的子夜
你倚窗而望
冷月，模糊的银霜
蓝色的雪花
飘落在火堆上
轻轻　吟唱

世　存

余世存，1990年毕业于北京大学中文系。诗人、学者、自由作家。做过中学教师、报社编辑、国家官员、志愿者。曾任《战略与管理》执行主编，《科学时报》助理总编辑。现为自由撰稿人，居北京。多次入选年度华人百名公共知识分子，被称为“当代中国最富有思想冲击力、最具有历史使命感和知识分子气质的思想者之一”。

采于武当

（2014 年 5 月 13 日）

一

到毛培斌先生的家乡
看见一个诗人胸中的山水
无名的花鸟盘旋开放
谁的眼睛能够让它们生，让它们死

那些如诗人般的冷杉、银杏
仍向心向阳着独立
在观照里感受水与火的斗争
关照了身边上千年的众生

活得太久的肉身
向往着退藏洗心
如此发现了自然自在的秘密
万物在处处沟壑中生息

二

一只美丽的蝴蝶何辜
翩然飞入人类的高速公路
为一辆飞驰的轿车撞倒
在窗玻璃上滚出了一块香痕

赤子、醉汉无知于他们的摔倒
在落地的眩晕中完好无损
但她落地的侥幸之后仍是不幸
后来的车辆将她碾压成尘

三

一只黑狗横尸道上
凶手招认是他的杰作
在开车前来迎接你的时候
不幸献祭了一条性命

钢铁盔甲中的人心悸难解
他们为何事而来此世
我又何苦来哉

我来此地何苦

人道灾难指向我们的罪性
必须接近形而上学
生命们必得如此经历
才能安于长眠不醒

在尹宜公故居

一

一曲民歌夜曲看，
男欢女爱本天然。
若是前缘风流散，
小河淌水心未安。

二

江山幸有尹公修，
铁马金戈文人喉。
劫波渡尽深恩在，

记取风花儿女愁。

三

少年哀怨心思真，
月亮上山一刻春。
唱得大江东海去，
迷渡握手尽情人。

志　军

赵志军，北大历史系1986级。

额济纳之秋

天苍野茫，
古道胡杨。
秋来塞上叶正黄。

千古尘埃风吹去，
无边胜景画衣裳。
可爱是夕阳。

舒　文

舒文，原名郑淑雯，1990年毕业于北京大学社会学系。在北京做过三年的记者、编辑。后赴加拿大，弃文从理，一直在加拿大IT行业工作。喜欢园艺、大自然，爱花如痴，得“植物专家”之绰号；喜欢童心稚语；欣赏人类智慧思想之美；享受交流的火花、启发和风趣。业余读书、中英文写作、练习公众演讲；脑海里常有故事漫游，诗意斑斓，遂形诸文字，得创造之快乐，也期望有一二寓意，分享于他人。

早晨，你走来坐了一会儿

（2015年9月24日）

重温高飞，一个老者二十多年前写给我的诗。

在隆隆的公车上，陌生的人群中
你忽然出现在我面前，微笑地看着我
我惊叫起来：二十多年了！
我那时年轻得像春天的嫩芽
单纯得像清冽的空气
而你，注视着我，像抚摸着初生的小猫
“孩子，你这么柔弱，生活，那么粗糙……”

你累了吗？
你无声的问话
我想告诉你很多，我走了好远的路，我的相信不相信，我折断的希冀，我害怕的未来……

“我知道会这样”
你像传说中的预言家，微笑着，波澜不惊
像看穿了时光
又像看惯了悲欢离合

是的，我记起来了，你的叮咛
我随着你的目光
看到了闪亮的露珠
绿树后面的朝霞
田野里奔跑的孩子

我微笑了
这么多美丽的东西，那么鲜活的生命
“和你聊一会儿真好。”我说
“可是我怎么忘记你了，这么久？”

“我知道会这样，”你又说
“我知道你再想起我时，
我会逝去已久了。”

我的眼睛发热
“可是你今天回来看我了
你是怎么找到我的
隔着这么遥不可及的距离”

“我再也不会忘记你了
看残阳，看落叶的时候

甚至很老了，坐在炉火旁
想起你怎样怜惜着一个小姑娘的诗情”

你又微笑了，欣慰的样子
留下一束光暖暖地笼着我
轻轻地淡出了我的视线

附：高飞的诗

给舒文

（1989 年 10 月）

即使情绪
被纷纭的世事
洗得逐渐褪色
希望你仍能保持
童年小山上的一抹诗意
即使生活
被喧嚣的尘轮
碾得支离破碎

希望你仍能醉心
秋天校园里的一片落叶
即使爱情
被日常的快乐
搅得平淡无味
希望你仍能痴迷
过去诗篇中的一句傻话
即使年龄
被成熟的感觉
染得残阳如血
希望你仍能珍惜
黎明发丝间的一滴清露
当你白发苍苍
坐在窗前凝望黄昏
儿时青翠的田野
总有嬉笑的孩子
在心头跑过……
当你冬夜炉前
信手翻开旧日回忆
尽管我早已逝去
总有欣慰的影子
在眼前掠过……

柏舟
己巳冬夜，看过你的诗集之后

致丹凝

——两条河

（2015年10月4日）

曾是两条年轻的小溪
融汇嬉戏在一条大河里
从此开始了江湖的相望
从地北，到天南

我们的交流有时细密如雨，涓涓潺潺
有时经年累月，空寂如平静海面

有时甜腻，如春汛泛滥，溢出了翠绿的河岸
偶尔幽冷，隐在芦花深处，忽隐忽现

可是我总知道那是你

就像你总知道那是我

在我平淡的水珠里
你能看到彩虹的光彩
你的召唤
常随温热的风 漂洋过海

我从不需要读你的字里行间
你清澈见底，水底
棱角的石块磊磊突出
思想的水草郁郁飞舞

我总知道你在急急地穿行着
怀揣着海的梦想
一路
看不完的映象　说不完的故事

你慷慨地让自己的清凉
漫过你钟爱的每一片芳草地
在你的每一个温暖的港湾
总有鱼儿翔集　船儿流连

累了的时候
停下来歇一会儿吧
让心绪澄澈
看远处那波光点点
或许，那是此刻，你正在我的脑海里
一闪，一闪

一朵未开的花

（2015年10月14日）

也是一颗饱满的种子
有土壤松软的怀抱
有阳光和煦的抚爱
你有足够的理由
开出一朵明媚的花

但是你没有
花季里　你孤独地苍白着

是太多的肥料

阻止了你竞艳的欲望？
是偶尔强劲的风
伤害了你娇嫩的蓓蕾？
或者
你只是一朵迟开的花
行着你自己的节奏

从清晨到黄昏
在小径上　徘徊又徘徊的
是园丁沉思的身影

夜色中的白玫瑰

（2015 年 9 月 28 日）

黑黝黝的夜里
一枝白玫瑰
摇曳又摇曳
轻颤复凝神

是辗转难眠的心事？

是芬芳流溢的欣喜？
还是回应风的
长长短短的默契？

诗　意

（2015年11月2日）

诗意
是夏日闯入花园的一只小蜂鸟
倏忽地穿过你的脑海
引着你的目光到花溪

你想把它看个仔细
却只看到它忽闪翻飞的光影
和感觉到那里正在进行着的
粉，香和蜜

你希望它多待一会儿
它却匆匆忙忙
唿哨一声

了无踪迹

你急忙拿出画笔
希望全世界看到它的俏丽
尽管　你知道
你无法描绘下来

那空气里的颤动
那精灵一样的飘忽
和你怎样　短暂地
出离了尘世

剑 峰

周剑峰，女，1986 年自江西考入北京大学东语系越南语专业，1987 年转入中文系汉语专业。

中国国际广播电台编辑记者。白天倾听他人声音，观察纷乱世界；夜晚回归安宁内心，寻找简单自我。珍惜所有驻留或擦肩而过的缘分，用笔用心记录人世间花开花落的季节。

星·月·海

（2006 年夏）

我是一颗星，在万千的星海
安静、羞怯地注视你的月明
也许遥远得
无法吸收和握紧　你的光
淡了黯了　　心，却偷欢喜
只因那每晚的夜空　能永远看到你

喜欢那月牙儿
如一双亘古不变　深情的眼睛
在寻找你前世今生的爱人吗？
还是在悄悄叹息
佛祖啊，我愿做他曾经的唯一
从此坠落星空　永不苏醒

白天你属于那片大海
沙滩、椰林和岛屿
我看见你的梦曾跟着浪花在奔跑
看见你安静满足的呼吸

如果我能变成你脚下的一粒沙子
道声“你好”从此消失 我也愿意

荷

（2015年8月）

锁入深闺春风迟，
小荷凌波露仙姿。
妍妍碧湖初夏日，
瑟瑟寒塘暮秋时。

旧日携手赏并蒂，
今朝只影伴织机。
可恨最是莲蓬女，
笑问尊客买几枝。

雨

（2015 年 9 月 23 日）

傍晚坐公交回家，车到站时暴雨如注，周围没有任何遮挡物，转瞬湿透。怀念家乡的江南三月，细雨如丝，飘飞如雾。

又梦江南雨，
烟雾笼山丘。
柳叶才细剪，
杜鹃[1]似霞留。
斜风蓑衣湿，
江岸竹排悠。
恐听子规语，
不尽点点愁。

---

① 杜鹃：多义词。花名，指杜鹃花，又名映山红；鸟名，指杜鹃，又叫杜宇、子规、催归。此处指杜鹃花。

百字令·烟

（2015年9日）

见
难言
神黯然
回想当年
情意两缠绵
执子手明月前
磐石蒲苇萦耳边
怎奈缘未起泪水涟
笛残声处冷窗照无眠
江南雁望断芦获花满天
十年一别再逢已桑田
纵使君未老花仍艳
万山孤舟江声咽
此去应难见面
互道一生安
天涯仗剑
心意牵
思念
烟

柳眉儿落了

（2015年10月7日）

北京的雾霾天，亦是最想念家乡的时分。还记得三十多年前高一的下学期，有报纸刊登了一篇《柳眉儿落了》的短篇小说，这是当年少见的一篇描写中学生朦胧初恋的文章。同班好友莹和燕拿着报纸兴奋地来找我，说咱们也写吧，三人联名写。可写什么呢，连偷偷谈恋爱的经历都没有。不久高二文理分班，我们去了不同的班级，小说一事就搁置淡忘了。

想起三十年前的这段如烟往事，想起划舟采菱角的美好回忆，想起依山临江宁静的小县城。心思细腻的燕多年失联，秀丽聪慧的莹则一直保持着往来。莹写得一手漂亮文章和书法，弹琴、绘画、烹饪样样出色，不愧是时尚杂志能干的女主编。是我们三人中最能坚持梦想的吧？于是写下一首小令纪念我们曾经的少女时代，希望能弥补当年校园小说未竟的遗憾。

柳眉落，陌上鹭双飞。
莲舟不知奴心事，轻摇涟漪去还回。
寂寞采菱归。

——梦江南·采菱

胆怯的自杀狂想者

（2003年春）

我是个有着自杀狂想症的女孩
梦幻予我面容的圣洁和泪水钻石般的光辉
十四岁时我就想象着一袭白衣
梨花般地坠落，周围飘散着不相干人们的凄凄

突然我担心没有人会拿起花锄葬它于坟丘
梨花有碾落成泥香已去的隐痛
于是我胆怯了，决定以四年为期

十八岁时我在教室里想到四年前的许诺
看着窗外美丽的流星划过夜空，还有桂子的幽香
从一千年前的灵隐寺里散发，令人心醉
我在书海里迷失，人的生命是不是也应该有四季的轮回？

我在冬季里白露为霜，夏天化作山涧的浪花一束
但是否有人记得我的纤纤皓腕和淡淡娥眉
还有，同教室的那个男孩会为我沉默多少个春秋？

又是一个四年之后，我在大学校园里面对着古钟
唱着心中的长亭和短亭
父兄的希冀如地平线上的太阳，落下又升起
我也许该去告诉黛玉，生命岂能像爱情一样匆匆

我也是个胆怯的自杀狂想症患者
我热爱俗世的人们，就像我欲睹上帝的面庞
白天的狂热让我欲飞，夜晚的胆怯令我忧伤

为我唱首歌吧

你的歌声
像只漂荡的小船
湖底多情柔软的水草
一如我的长发
和粼粼的阳光纠缠不清

你一定是千年前
在驿桥边和我告别的情人
那个边塞的秋夜

月光下的羌笛
穿越今生，变成偶遇的你

用你温热的唇
吻干我脸上的泪
再为我轻轻哼唱那首
千年前的歌吧
等待杨柳吐绿，笛声悠扬

我就随着船在水中摇
沉坠于这场不愿醒来的梦

生命的赞歌——纪念英年早逝的同学

"我们曾经在一起过，其余的我都已忘记。"——惠特曼

细节是丝巾上的纹，本来不重要；思念却是长江的水，永远不枯竭。

对许多北大校友来说，也许我们从来没有说过话，甚至从来没有见过面，但是多年前我们曾经一起来到燕园，经历过共同成长的难忘的一段时间。也许我们把彼此的名字都忘记了，但记忆里校园内总有个他唱过歌，也有个她跳过舞；有个她爱过、给予过，有个他创作过、鼓舞过；有过大家一起流汗、军训、担心、迷茫、执着、坚强的日子。即使到头来，大家彼此忘了说过什么、做过什么，大家永远缅怀的，是北大校友们给过彼此的那种难忘的感觉。

每个从北大出来的校友，都带给五湖四海某种信念。到头来我们回头凝望，将不再会为一场考试而揪心，也不再会为一场斗争而失意。我们将会永远感激人生赋予我们的一切。

所以，有的同学虽然去世了，细节已是长江的波纹，在淡淡地消失，但我们彼此的感觉却会永远流下去。在同学离开这个世界的时候，让我们再一次感激彼此是同路人，我们不为他们哭泣，而为他们的生命喝彩，和他们道别。对他们的怀念，将伴随

看我们的每一天，在我们的有生之年。

汪 浩

2015年12月于纽约

注：在过去的三十年里，好多位北大1986级校友去世了。在2015年底诗集落稿时知道名字的几位是：

地质系	李步云　曾曦滨
技术物理系	梁玉富
法律系	万霞　金黎明
考古学系	柴生芳
生物学系	崔武　王燕萍　秦岭　顾瑆
物理系	罗杰
图书馆学系	王蔚　李东曼
历史学系	王冰
政治学系	王强
化学系	杨建清　曹钧　冯琨　金淼
数学系	杨志云
地球系	朴艺花　陈东胜
法语系	于峰
中文系	李晨　李静
哲学系	莫学军　索亚军
力学系	张恩武
概率系	严文

这里的春天 青春的模样

——怀念罗杰

朱永忠

（2015 年）

谨以此诗纪念1994年在成都因车祸遇难的同学罗杰。

蒙特利尔有近半年的冬天，而春天却总是姗姗来迟，又转瞬即逝。从春天开始写下一些文字，感慨春天不老，青春已逝，更惋惜年轻的生命戛然而止。

未曾道别　你便去了远方
那么遥远
远过最远的他乡

那儿可是不老的天堂
还是有最凛冽的严冬
能刹那间冰封春天
冰封你的岁月　你的梦想
那里可有最冷最冷的冰雪风霜
能冰封你的微笑
冰封你

青春的模样

我们都还记得你　青春的模样
我们都只见过你
青春的模样

你可会归来　像春天一样
就像那故乡的春天　他乡的春天
就像那所有的春天
就像这里的春天
即便姗姗来迟
也还是如约而至
一年年生长
不变的是
青春的模样

春天从未老去
正如所有的人们
都只见过你　年轻的面庞
春天也不会老去
你看
前方每一个春天

都会是你
青春的模样

我们都还记得你　青春的模样
我们都只见过你
青春的模样

流浪就流浪吧
只要心里还有梦想
流浪就流浪吧
只要梦想还指引着方向
流浪就流浪吧
只要心还在跳　脚下还有大地　天边还有星光
只要冬天过去还有春天
只要春天还是
青春的模样

当故乡已在远方
他乡可依然还是他乡
当乡愁已生出翅膀
就让它带领风　去飞扬
我继续前行
不再有青春的行囊

我无法停驻
我已不再有
青春的模样

你就是我　青春的模样
你就是我们
青春的模样

在一个春天
你终于归来
野花青草　雀跃的晨光
你微笑着
还是那　熟悉的面庞
你微笑着
还是那
青春的模样

“你好，这里的春天。”
“你好，
这里的春天，青春的模样。”

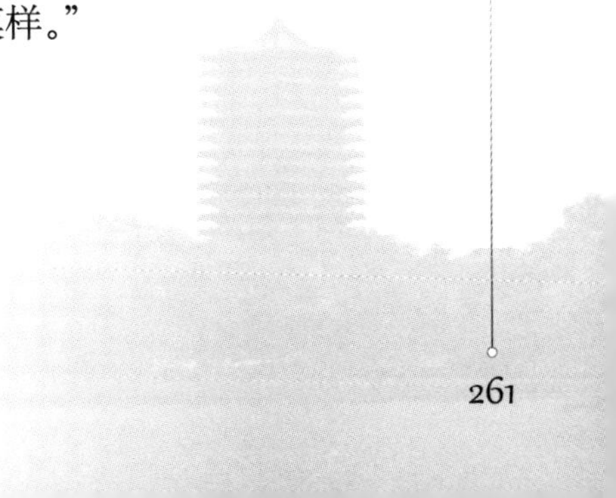

江城子·悼艺花

金 意

北京大学地球物理系1986级女生朴艺花罹患恶疾多年，依然乐观开朗，向有关机构捐献巨额资金用于肺癌研究，于2015年6月13日不治而逝，年仅47岁。

夏夜忽闻汉江泣，
群悲切，叹薄命。
东海滔滔，风吹泪千行。
欲向旧时寻芳踪，
笑靥在，情意浓。
红颜驾鹤离尘去，
夫欲绝，子堪怜。
亲朋心诚，哀哀诉衷肠。
燕园塔湖同与度，
抛闲心，共成盟。

浪淘沙·悼艺花

赵明

噩耗郁郁传，泪湿衣衫。
暑温难御恸骨寒。
玉殒香消英年逝，理循哪般？
同窗虽四载，不尽言欢。
经年逾识艺花美，
无情何需妒红颜？
我问苍天！

大纪念——忆顾理

路江涛

（2015年10月1日）

顾理同学在工作中因突发脑出血于2015年8月28日去世于上海，年仅47岁。他或许前世就与北大有缘，高考前，志愿只填北大一个学校一个专业，非常传奇。他为人忠勇仁义，善良正直，虽诸多坎坷，依然无怨无悔，不改理想主义之初心。

身处上海，却未购一房一车，倾其所有，致力于大病救治和慈善，颇有燕赵侠士之风。

转眼五七已满，秋风起，秋雨愁

又是一个大日子，一个国家的庆生日
为了这个国家的完美，你做过一点事，功德圆满

你的日子，踏在七夕，踏在九三阅兵日
踏在中秋，踏在十一国庆
留下了对亲人、对家、对国的串串眷恋

你走了，你还在
聚齐了同学亲友，唤醒了共同记忆

你的行
彰显着理想的美，和世间的纯
不用言传
不留最后一句话
却以身教
完成对一个个灵魂的救赎

你是大师，行走在这蔚蓝星球上

散播着爱和勇气
虽然短暂
也把光，幻入万千双眼睛
让一切，又新鲜了起来

是那么的圆满……

你的光
归入了漫天的星，仍眷顾着
大千世界

致顾瑆

杜红平

仍然不能相信
你已经离我们而去
从天涯海角　我们呼喊　为什么

在我们的生命中
曾经有许多次无奈

却都没有今天这样的无奈
曾经有许多次伤怀
却都没有今天这样的伤怀

在未名湖畔
我们有幸与你相聚　永不曾忘怀的
是你的微笑
带着兄长的慈爱
你的歌声，伴着吉他　流淌着对世界的关怀　为真理
不畏苦难　为朋友　两肋插刀

人生的坎坷
没有抹去你的笑容
世界的喧闹
没有淹没你的歌声
曾在荆棘中独行　却对世界报以宽容
仍然不能相信
你已经离我们而去

在岁月长河中
我们与你短暂的相聚
你却在我们心中
点燃了一盏温暖的灯

现在我们的泪水
让这灯闪闪发亮

不知何时何世再相聚
我们的好兄弟
但只要我们一息尚存
这盏灯永不熄灭
我们还要在所有孩子们的心里　点上这盏灯
我们要让这个世界
灯火通明
再也没有阴

生前诗两首

梁玉富

坝上初雪

初雪飘落万物眠，
农家闭户庆丰年。
造物怜人当休息，
一载辛劳享肥甘。

秋虫吟

夜闻秋虫过林间，
三两蝉声唧唧然。
可怜今岁月无多，
相约明夏应时还。

琥珀——忆静子

金　意

（2015 年 12 月 09 日）

天
微凉
乌云稠
不见静子
嬉笑与玩闹
独留老桥缄默
多情总被岁月伤
隔海十年相望无言
偶然春夜忆当年盟誓

细雨蒙蒙恍惚天长地久
转眸间不记悲喜哀愁
寂寥心绪已化珠玉
解语鸟儿应犹在
念青春红裙艳
窗外绿意消
安然浅笑
黄昏近
无伤
静

忆静子

雨　木

（2015年12月10日）

我的悲伤是高贵的因为你是高贵的
你是这生命大树上的另一个叶片
经历了我不知道的风雨
从深深的根部从细末的梢附着的土壤
我感觉你矿物的构成血脉的激情

和对阳光如此般的渴望
你在我的生命里无论凋零还是飘向了远方
我见过你随风而舞的姿态炫目
你话语飞扬如珠玉的露水在初升的阳光
和离去的星月中闪烁
我会用这全部的脉络来继续你和对你的爱
曾经在就永远在的那些本质
至美的人儿啊天地间必有精灵守护
你每一声金缕般的咏叹那些来自核心的光芒

忆静子

白　白

（2015 年 12 月 8 日）

如何能接受如花的笑靥后死亡的阴影
佛说：前世的孽缘
神说：凡间的缺憾
上帝说：撒旦的谎言

天使也需要休息

闭上眼，收起翼
人间的萤火虫
空中的雪绒
地平线上的曦光
明灭，闪烁，
才最为耀眼

连月都有圆缺
短暂的别，永久的生
佛、神、上帝要的都是人的信心
相信有一片净土吸吮了尘埃与泪水
相信
前世的纠缠
今生的麻烦
或是约伯的考验
都是多余而愚笨的办法
所有的人都从长眠中醒来
如春花，如夏草，如秋实，如冬青
生生不息

此时的你
只需要做静叶

在泥土的拥抱中

美丽的等候

悼李静

胡　玮

西风阵阵落叶黄，异域迢迢悼友良。
碧树早凋天有泪，老桥晚渡韵无伤。
何月与君歌千阙？谁可赠我诗半行？
书剑未老君先去，且将哀思寄文章。

静　子

汪　浩

（2015 年 12 月 13 日）

美丽的脚步迈向了永恒的海

用沙滩轻踏出几分平淡

秀发不是给海藻的礼物

留下来温暖帝都的冬天
搭几座沙的城堡由风吹散
正似逝去的生命的简单
写下有趣的诗句
嘲弄海浪的慵懒
弄几只酒杯和未名佳酿
折射大洋的肤浅
岸本来无所谓曲终曲散
当美丽融入夜色的永恒
星空会多一丝淡淡的风
传出来那边珊瑚的歌声

我想和你再度同窗

剑　峰

（2015年12月10日）

昔日冰上风采，却是天人永隔再无机会。

我想和你再度同窗，比如教室里的前后座
比如图书馆台阶前的相逢，笑别
黄昏氤氲你颀长的身影

我还想在金黄银杏树下，和你一起捡拾落叶
一直等候暮色静谧包围
我还要在冬雪纷飞的时候
坐在未名湖畔，看你白帽红衣
犹如精灵在冰上起舞

我已经浪费了四年，它看着我
哀怨，犹如从未被我翻阅的线装书
但是从明天起我绝不如此虚度
细雨老桥，温哥华森林的诗句如此美好
那些嚼碎夜色嚼碎牙根的疼，没有绝望
当天使从塔影之畔升向天空
宣告了我们沉默和软弱的结束

我想和你再度同窗
一起晨诵唐诗夜读宋词
一起转山转水不求来世只求今生
闲时我们倚靠五院小门，欣赏如瀑的紫藤花
再将所有的心绪话语
嵌在古老的象形文字里，永有温度和色彩

忆静子

子　明

（2015年12月11日）

调寄如梦令。

冬日凄风飘荡，雾锁愁云苍莽。
遥想友人时，竟是天堂相望。
惆怅、惆怅，和泪浅吟低唱。

忆静子

光　照

（2015年12月11日）

调寄如梦令。

同记燕园来路，叹未音容一睹。
无奈雁归时，缥缈影寻何处。
留住，留住，风雨老桥曾渡。

今　晚

东　东

（2015 年 12 月 9 日）

你的诗句划过
我们的脑海
如五色的闪电
　　　　迅忽而明亮
凝固了我们模糊的视线
你的天空
过滤了伤痛

那些美丽的诗句
令我们忽略了
你的病痛
那些美丽的诗句
如今
真的化作了琥珀
镶嵌了你盛开的生命
继续美丽

此刻

你正在天国的

　　　　花园里写诗

笑望着我们

深情永远

琥珀之夜

丹　凝

（2015年12月9日）

那一夜

你也许刚刚经历

痛彻心扉的疼

那一夜

你或许才告别

病房内的病友

极度寒冷

极度平静

昏睡中

你又见到了那座老桥

眼前又见到了桥上的
你钟情的人

也许你用冰冷颤抖的手
翻开发黄的旧作
找出那首老桥
发给我们

我想起《插曲》
东东叫它琥珀
雨木找了旧作
于是我们都在说琥珀

你平静地读着
忘记痛苦
安然笑着
看时光凝结
观记忆复活

琥珀
你留给我们最后的珍宝
晶莹剔透
永远闪烁

集 体

中秋藏头诗

白　白

中原月中天，
秋水浣秋山。
快怡心自在，
乐泺澄宇环。
佳句频频添，
节时不需眠。
共立桂枝下，
赏风年复年。

丹　凝

香江秋意浓，
港湾月初升。
遥念故乡人，
祝愿满心胸。
花开花又落，
好梦几多曾。
月色乡愁里，
圆我北大情。

汪　浩

思湿瓷绘友，
想玉兔风流。
自蟾宫设宴，
由婵娟献酒。
兼备诗词秀，
容易庆中秋。
并肩同砥砺，
蓄志万里游。

对联：湖名未名湖未名有名名不虚传

塔谓博雅塔博雅风雅雅量高致（杨飙）
寺空悬空寺悬空无空空是实在（汪浩）
寺源法源寺法源正源源远流长（汪浩）
生唤无忌生无忌有忌忌在逾矩（千黛）
诗言无言诗无言又言言过其实（汪浩）
字乱改乱字改乱不乱乱也规矩（汪浩）
碑字无字碑无字有字字岂功罪（浩宇）
书读难读书难读苦读读无止境（光照）
写意诗意写诗意词意意在不言（丹凝）

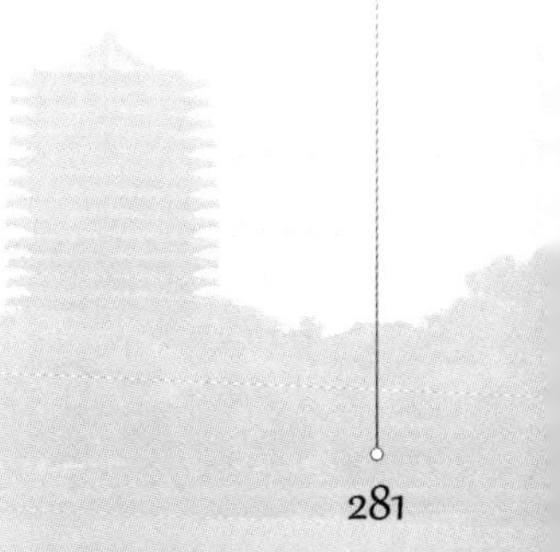

游中画中游画中看画画意诗情（静子）
音绕梁绕音梁绕就绕绕也螺旋（汪浩）
梁绕音绕梁音绕还绕绕进耳圈（汪浩）
酒无味无酒味无是无无也心醉（汪浩）
果称无花果无花有花花果飘香（剑峰）
太虚岁虚太岁虚不虚虚中有实（千黛）
花合百合花百合千合合家欢乐（金意）
雷是无声雷无声是声声震惊雷（汪浩）
雨是无雷雨无雷不雷雷不迫雨（汪浩）
水桃青桃水青桃在桃桃花人面（雨木）
炉香暖香炉暖香冷香香气怡人（金意）
亭仙集仙亭集仙聚仙仙游天下（金意）

图书在版编目（CIP）数据

博雅诗笺：北京大学1986级入学30年纪念诗集 / 汪浩主编.
— 北京：东方出版社, 2016.5
ISBN 978-7-5060-9060-5

Ⅰ.①博… Ⅱ.①汪… Ⅲ.①诗词—作品集—中国—当代
Ⅳ.①I227

中国版本图书馆CIP数据核字(2016)第121075号

博雅诗笺：北京大学1986级入学30年纪念诗集
（BOYA SHIJIAN: BEIJING DAXUE 1986JI RUXUE 30NIAN JINIAN SHIJI）
汪浩 主编

策划编辑：鲁艳芳
责任编辑：梁　欣
出　　版：東方出版社
发　　行：人民东方出版传媒有限公司
地　　址：北京市东城区东四十条113号
邮政编码：100007
印　　刷：北京汇林印务有限公司
版　　次：2016年7月第1版
印　　次：2016年7月北京第1次印刷
开　　本：880毫米×1230毫米 1/32
印　　张：9.5
字　　数：222千字
书　　号：ISBN 978-7-5060-9060-5
定　　价：36.00元
发行电话：（010）85924663 85924644 85924641
